프란시스코의 나비

지은이 프란시스코 히메네스

어린 시절 가족과 함께 멕시코에서 미국으로 이주했습니다. 어려운 가정환경 때문에 여섯 살 때부터 캘리포니아 농장에서 일하며 학교 교육을 제대로 받지 못했습니다. 하지만 온갖 역경을 딛고 열심히 공부해 콜롬비아대학에서 문학으로 석사와 박사 학위를 받았고, 이후 샌타클래라대학에서 학생들을 가르쳤습니다. 험난했던 과거를 잊지 않고 이주 노동자를 위한 활동을 하는 한편, 불법 이주민 아이들을 위한 교육에 혼신의 노력을 기울이고 있습니다.

옮긴이 하정임

고려대학 영어영문학과를 졸업하고, 동 대학교 정치학과 대학원에서 비교정치학을 전공했습니다. 《프란시스코의 나비》, 《소년병 이야기》, 《소크라테스처럼 질문하기》, 《이언의 철학 여행》 등 여러 책을 우리말로 옮겼습니다.

일러스트 해마
디자인 이성아

프란시스코의 나비

프란시스코 히메네스 글
하정임 옮김

다른

일러두기

1. 이 이야기는 작가의 실제 경험을 바탕으로 쓴 성장소설입니다.
   그는 멕시코 문화권에서 훌륭한 현대 작가로 평가받고 있습니다.
2. 이번 개정판은 국내 초판 출간 20주년을 기념해 번역을 다시 손보고 새로이 편집,
   디자인했습니다.
3. 각주는 모두 편집자주입니다.

나의 부모님과
일곱 형제에게
이 책을 바칩니다

여기에 나오는 이야기는 나의 이야기이자 나의 가족 이야기이며, 또한 오래전부터 지금까지 미국으로 더 나은 삶을 찾아 이주해 온 아이들의 이야기입니다. 작가로서 제 한계에도 불구하고 자신들의 이야기를 쓸 수 있도록 허락해 준 모든 이에게 진심으로 감사와 용서를 구합니다. 그들의 용기, 관용, 그리고 흔들리지 않는 희망은 제게 끊임없는 영감을 불어넣어 주었습니다.

프란시스코 히메네스

차례

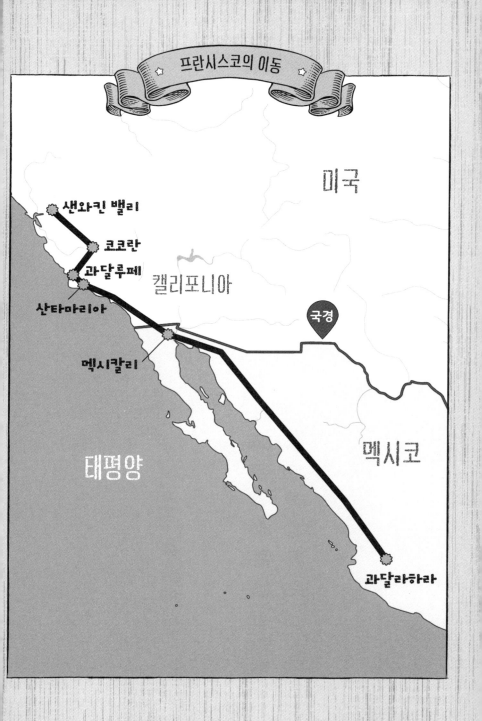

철조망 아래에서

어릴 때 '국경'이라는 말을 자주 들었다. 원래 우리 가족은 멕시코 과달라하라*에서 북쪽으로 멀리 떨어져 있는 엘 란초 블랑코에 살았다. 거칠고 메마른 구릉 지역에 자리한 조그만 마을이었다. 맨 처음 국경이란 말을 들었던 때는 1940년대 후반이었다. 그때 아빠와 엄마는 로베르토 형과 나를 앞에 앉혀 두고, 언젠간 우리 가족이 미국 캘리포니아로 가기 위해 '국경을 건너' 북쪽으로 먼 여행을 떠나야 한다고 이야기했다. 그래야만 끝이 보이지 않는 이 가난에서 벗어날 수 있다고.

★　과달라하라는 멕시코에서 두 번째로 큰 도시입니다.

사실 나는 캘리포니아가 어떤 곳인지 잘 몰랐다. 그렇지만 아빠가 그곳에 대해 엄마나 친구들에게 이야기할 때마다 얼마나 반짝거리는 눈을 하고 있는지는 잘 알았다. 아빠는 항상 똑바로 선 채 가슴을 쭉 내밀고 이렇게 말했다.

"국경만 건너면, 우리 가족은 캘리포니아에서 행복하게 살 수 있을 거야!"

로베르토 형은 나보다 네 살 많았는데 형도 아빠랑 비슷했다. 형은 아빠가 캘리포니아로 갈 거라는 말을 할 때마다 덩달아 들떴다. 형은 누구보다 엘 란초 블랑코를 떠나고 싶어 했다. 대도시인 과달라하라에 살고 있는 사촌 형 피토가 우리 집에 다녀간 후부터 특히 그랬다.

피토 형은 엘 란초 블랑코를 진작 떠났다. 피토 형은 테킬라(멕시코의 전통 술)를 만드는 공장에서 일했는데, 전깃불도 들어오고 수돗물도 펑펑 나오는 데다 방도 두 칸이나 있는 집에서 산다고 자랑을 했다. 게다가 로베르토 형에게 이렇게 말했다.

"난 더 이상 너처럼 매일 새벽 네 시에 일어나 소젖을 짜지 않아도 돼."

그 말이 맞았다. 로베르토 형은 매일 새벽 일어나 다섯 마리나 되는 젖소의 젖을 손으로 차례대로 짠 뒤, 커다란 알루미늄 통에 옮겨 담았다. 그런 뒤에 몇 킬로미터나 떨어져 있는 큰 도로까지 그 무거운 통을 질질 끌고 날라야 했다. 우유를 시내에 내다 팔기 위해서는 트럭에 실어야 하는데 우리 마을 안의 좁은 흙길로는 트럭이 들어오지를 못해서였다.

거기다 피토 형은 더는 마실 물을 길어 오기 위해 강까지 걷지도 않고, 더러운 마룻바닥에서 잘 일도 없으며, 어두운 밤 촛불 하나에 의지하지도 않는다고 했다. 그날 이후 로베르토 형의 마음속에서 엘 란초 블랑코는 완전히 떨어져 나갔다. 형 생각에 그곳의 유일한 즐거움이라고는 새알을 사냥하는 것과 일요일에 교회에 가는 것뿐이었다.

나도 형을 따라 새알을 찾거나 교회에 가는 걸 좋아했다. 하지만 제일 좋아하는 건 어른들이 도란도란 나누는 이야기를 곁에서 듣는 것이었다. 저녁 식사를 마친 후 큰집 식구들이 오면 우리는 모아 둔 마른 쇠똥으로 불을 피우고 그 주위에 둘러앉아 옥수수 알을 솎아 내며 이런저런 이야기를 나누곤 했다. 내게는 그 시간이 하루 중 가장 평온하고 행복한 순간이었다.

그러던 어느 날 저녁 아빠는 온 가족이 모인 자리에서 선언하듯 말했다. 드디어 '국경'을 넘어 캘리포니아로, 우리가 오랫동안 기다려 온 여행을 떠날 거라고. 정말로 며칠 뒤 우리 가족은 큰 가방 하나에 이삿짐을 꾸린 뒤, 기차를 타기 위해 과달라하라로 가는 버스에 몸을 실었다. 그렇게 우리는 새로운 희망을 품고 엘란 초 블랑코를 떠났다.

버스에서 내린 뒤 아빠는 멕시코 국영철도에서 운영하는 기차의 이등석 표를 사 왔다. 나는 그때 태어나서 처음으로 기차를 보았다. 마치 쇠로 만든 오두막에 바퀴를 달아 놓은 것처럼 보였다. 모두가 떨리는 마음으로 기차에 올라 자리를 잡았다. 나는 밖을 내다보느라 창가에 매달려 서 있었다. 이윽고 기차가 덜커덕하더니 출발하기 시작했다. 우유가 든 알루미늄 통 수백 개가 맞부딪히는 것만 같은 엄청난 굉음이 났다. 겁도 나고 마구 몸이 흔들려 중심을 잡을 수가 없었다. 옆에 앉은 아빠가 내게 가만 앉아 있으라고 소리쳤다. 나는 의자에 앉아 기차의 움직임에 따라 두 다리를 앞뒤로 흔들었다. 내 맞은편에 엄마와 함께 앉은 형은 이를 드러내고 싱글벙글 웃고 있었다.

기차는 이틀 동안 밤낮으로 계속 달렸다. 피곤했지만 아무도 깊은 잠을 이룰 수가 없었다. 나무로 된 의자가 너무 딱딱해 엉덩이가 아팠고, 이따금 울리는 커다란 경적과 소름 끼칠 정도로 시끄러운 브레이크 소리에 깜짝깜짝 놀라 깼기 때문이다. 얼마 후 기차가 처음으로 어느 역에 멈춰 서자 나는 아빠에게 물었다.

"여기가 캘리포니아예요?"

"아니, 아직이야."

아빠는 끙 참으며 한마디 더 대꾸했다.

"아직 한참 더 가야 돼."

그러곤 두 눈을 휙 감아 버렸다. 하는 수 없이 나는 형을 향해 몸을 돌리고 이어서 물었다.

"형, 캘리포니아는 어떤 데야?"

"나도 잘 몰라. 하지만 피토 형 말로는 거기 사는 사람들은 길거리에서도 돈을 막 주워 담는대."

그 순간 아빠가 도로 눈을 뜨더니 웃음을 터트렸다.

"피토는 대체 어디서 그런 얘기를 들었다던?"

형이 자신만만한 목소리로 대답했다.

"칸틴플라스요! 피토 형이 말해 주었어요. 영화 속에서 그 배우가 그렇게 말했다고요."

"그건 칸틴플라스가 농담한 거야."

아빠는 계속해서 킬킬 웃었다.

"하지만 거기가 살기 좋은 건 사실이지."

엄마는 아빠의 말에 "그랬으면 좋겠어요"라고 하더니 형을 팔로 감싸안으며 나직하게 덧붙였다.

"제발."

기차가 점점 느려졌다. 나는 창밖을 내다보았다. 우리는 새로운 마을에 들어서고 있었다.

"여기가 캘리포니아예요?"

"그만 좀 물어. 도착하면 알려 줄 테니까."

아빠는 인상을 쓰며 눈을 부라렸다.

"가만히 있으렴, 프란시스코. 얼마 안 남았을 거야."

엄마가 빙긋 웃어 보였다.

기차가 멕시칼리*에 멈춰 섰다. 아빠는 다들 내려야 한다고 했다. 그리고 내 눈을 바라보며 "자, 이제 다 왔다"라고 알려 주었다. 우리 가족은 모두 기차역 플랫폼에 내려섰다. 아빠의 손에는 짙은 갈색 짐가방이 무겁게 들려 있었다. 아빠를 따라 계속 걷다 보니 삐죽삐죽 앙상한 철조망이 눈앞에 나타났다.

"이게 바로 '국경'이야."

아빠의 목소리가 비장했다. 그러고는 회색 철조망 너머를

★ 멕시칼리는 멕시코와 미국 캘리포니아의 국경에 있는 도시입니다. '멕시코'+'캘리포니아'로 멕시칼리라는 이름이 되었습니다.

가리키며 조금 전보다 약간 경쾌한 투로 덧붙였다.

"저기가 캘리포니아."

그동안 수도 없이 들어왔던 바로 그곳에 드디어 온 것이다! 그런데 철조망 양옆에 짙은 녹색 제복을 입고 총을 든 보초병이 서 있었다. 아빠는 그들이 '출입국 사무소 직원'이며 절대 그들에게 들키지 말고 철조망 건너편으로 넘어가야 한다고 강조했다.

밤이 되자 우리는 사람들이 사는 마을을 벗어나 몇 킬로미터를 하염없이 걸어갔다. 아빠는 철조망을 향해 앞장서 걸으며 중간중간 멈춰 서서 누가 우릴 보고 있지 않은지 두리번두리번 주위를 살폈다. 우리는 조심조심 철조망을 따라 쉬지 않고 걸었다. 이윽고 철조망 아래에 난 작은 구멍을 찾은 아빠는 무릎을 꿇더니, 맨손으로 그 작은 구멍을 더 크게 벌리기 시작했다. 우리 가족은 한 명씩 땅바닥을 기어서 그 구멍을 통과했다. 마치 뱀이 된 기분이었다. 몇 분 후 어떤 여자가 우리를 데리러 왔다. 아빠가 멕시칼리에서 미리 연락을 해둔 사람이라고 했다. 그 여자는 우리 가족이 일자리를 얻을 수 있는 곳까지 그녀의 차에 태워서 데려다준다고 약속했다. 물론 공짜는 아니라 약간의 돈을 받고.

차는 밤새 달렸다. 컴컴한 새벽, 우리를 태운 차는 과달루페

변두리에 있는 작은 해안가 마을의 이주 노동자 천막촌에 도착했다.

"여기가 제가 말한 곳이에요. 이곳에서 딸기 농장 일을 구할 수 있을 거예요."

여자의 목소리는 무척 지쳐 있었다. 아빠는 트렁크에서 짐 가방을 내리고 지갑을 꺼내 여자에게 약속한 돈을 건넸다.

"이제 남은 거라고는 7달러가 다군."

아빠가 아랫입술을 지그시 깨물며 말했다. 여자가 차를 몰고 사라지자 우리 가족은 지친 몸을 이끌고 유칼립투스 나무가 양쪽으로 길게 늘어선 지저분한 길을 따라 천막촌이 있는 곳으로 걸어갔다. 그날 새벽 내 손을 꼭 잡고 걷는 엄마의 손이 무척 따뜻했다.

하지만 막상 도착한 천막촌에서는 현장감독이 멀리 나가 있어 오늘은 만날 수가 없다고 했다. 하릴없이 우리는 그날 밤을 유칼립투스 나무 아래에서 보내야 했다. 달콤한 껌 냄새를 풍기는 유칼립투스 나뭇잎들을 한데 모아 잠자리를 만들었다. 형과 나는 아빠와 엄마 사이에서 스르륵 잠이 들었다.

다음 날 아침이었다. 나는 요란한 기차 소리에 화들짝 놀라며 잠에서 깼다. 잠깐이었지만 여전히 캘리포니아로 가는 기차를 타고 있는 줄 알았다. 고개를 들고 보니 기차는 시커먼 연기를 내뿜으며 우리가 과달라하라에서 탔던 것보다 훨씬 빠른 속도로 천막촌 뒤를 지나고 있었다. 넋을 놓고 바라보고 있는데 등 뒤에서 낯선 사람의 목소리가 들려왔다. 지나가다 우릴 돕기 위해 멈춰 선 어떤 여자였다. 이름은 루페 고딜로이고 천막촌 근처에 산다고 자신을 소개했다. 고맙게도 루페 아줌마는 엄마에게는 먹을거리를 조금 가져다주었고, 아빠에게는 스페인어를 할 줄 아는 천막촌 현장감독을 소개해 주었다. 현장감독은 군용 천막 하나를 우리 가족에게 빌려주며 설치하는 것도 도와주었다.

"여러분 운이 좋으시네요. 이게 우리가 가진 마지막 천막이거든요."

현장감독이 말했다.

"저기, 언제부터 일할 수 있습니까?"

아빠는 초조한 듯 두 손을 비비며 물었다.

"아마 보름 후에……."

"그럼 안 됩니다!"

현장감독의 말이 채 끝나기도 전에 아빠는 머리를 세차게 흔들며 외쳤다.

"여기 오면 바로 일자리를 얻을 수 있다고 들었습니다."

"유감스럽지만 딸기가 익어야죠. 수확은 보름 뒤에나 가능해요."

현장감독은 자기도 어쩔 수 없다는 듯 어깨를 한 번 으쓱해 보이더니 자리를 떠났다.

우리 가족은 한동안 침묵 속에 서 있었다.

"여보, 어떻게든 견딜 수 있을 거예요. 일단 일만 시작하면 좋아질 테니 너무 걱정하지 말아요."

지켜보던 엄마가 말문을 열었다. 형은 내내 조용했지만 눈가에 깊은 그늘이 드리워 있었다. 그 후 보름 동안 엄마는 천막 밖에서 루페 아줌마가 준 돌과 진흙판으로 만든 엉성한 화덕에다가 음식을 했다. 산에서 따온 나물, 아빠가 이웃에게 빌린 라이플총으로 잡은 산토끼와 산새 고기가 재료였다.

한편 형과 나는 천막촌 뒤로 지나가는 기차들을 보며 온종일 시간을 보냈다. 기차는 하루에 몇 번씩 지나갔다. 우리는 기차를 더 가까이에서 보려고 몰래 철조망 아래를 기어들어 가기도 했다.

우리가 제일 좋아하는 건 매일 낮 열두 시에 지나가는 기차 였다. 저 멀리 몇 킬로미터 떨어진 곳에서부터 우렁차게 기적 소리를 울리며 달려오는 게 멋있었다. 우리는 그 기차를 '정 오 기차'라고 불렀다. 가끔은 정오 기차가 오길 기다리며 일 찌감치 철길 위에서 놀기도 했다. 가느다란 선로 위에 올라서 서 달리기도 했고, 얼마나 멀리까지 떨어지지 않고 빠르게 걷 는지 시합을 하기도 했다. 또 어떤 날은 달려오는 기차의 진 동을 느끼려고 선로에 가만히 걸터앉아 있기도 했다.

며칠이 지나자 우리는 멀리서도 기관사 아저씨를 알아볼 수 있었다. 기관사 아저씨는 우리가 보이면 언제나 기차 속도 를 줄이고는 흰색과 회색 줄무늬가 있는 모자를 벗어 흔들며 인사를 해주었다. 그러면 우리는 신이 나서 기차가 저 멀리 사라질 때까지 손을 흔들었다.

그러던 어느 일요일, 형과 나는 정오 기차를 보려고 다른 날보다 더 일찍 철조망을 건너갔다. 그날은 형이 어쩐지 놀 기분이 아니었다. 아침부터 침울해했다. 우리는 두 손으로 무 릎을 감싼 채 나란히 선로 위에 쪼그리고 앉았다.

"나는 기차가 어디서 오는지 궁금하더라. 형, 알아?"

형은 천천히 고개를 들며 대답했다.

"나도 궁금했는데. 내 생각엔 캘리포니아 같아."

"캘리포니아? 여기가 캘리포니아잖아!"

나도 모르게 목소리가 커졌다.

"확실하진 않아. 그렇지만 내 기억에……."

형이 말끝을 흐렸다. 바로 그때, 우리의 정오 기차가 오는 소리가 들렸다. 형과 나는 선로에서 일어나 철길 밖으로 몇 걸음 물러섰다. 우리를 발견한 기관사 아저씨는 기차가 느릿느릿해질 만큼 속도를 줄이고 기차 밖으로 손을 흔들었다. 그러고는 기차가 우리 옆을 지나치는 순간, 우리 발끝 앞에다 커다란 갈색 가방 하나를 최대한 살포시 떨어뜨렸다. 형과 나는 얼른 가방을 주워 열어 보았다. 그 안에는 오렌지와 사과, 사탕이 가득 들어 있었다.

"거봐, 캘리포니아에서 온 거잖아!"

형이 오렌지를 들고 소리쳤다. 우리는 신나서 기차 옆을 나란히 달리며 기관사 아저씨에게 계속 손을 흔들었다. 기차는 속도를 내더니 곧 우리를 뒤로하고 멀어져 갔다. 형과 나는 기차가 점처럼 작아지고 또 작아져서 결국 보이지 않을 때까지 그 뒷모습을 바라보며 서 있었다.

어떤 외로움

날씨가 몹시 추운 어느 이른 아침이었다. 아빠는 우리의 낡은 고물 자동차 칼카치타를 목화 농장 끄트머리에 세웠다. 아빠와 엄마, 형은 차에서 내려 목화솜 따기가 시작되는 농장 반대편을 향해 걸어갔다. 나는 남동생인 트람피타를 돌봐야 해서 언제나 차 안에 남겨졌다. 그때 트람피타는 태어난 지 고작 6개월밖에 되지 않았다. 나는 가족들이 목화솜을 따러 간 사이 트람피타와 함께 차에 남겨지는 게 싫었다.

아빠, 엄마, 형이 목화밭 안으로 걸어 들어가는 동안 나는 칼카치타 지붕 위로 기어오른 뒤 까치발을 든 채 서서, 그 세 사람이 다른 일꾼들 틈에 섞여 더 이상 보이지 않을 때까지 바라보곤 했다. 가족들의 모습이 눈앞에서 완전히 사라지면 이상하게 가슴이 아렸다. 나와 트람피타만 남겨 두고 갈 때면 언제나 그랬다. 나는 흐느끼며 다시 차 안으로 들어가 뒷좌석에 잠들어 있는 트람피타를 두 팔로 꼭 껴안았다. 트람피타는 추위에 깨서 몸을 바르르 떨며 울곤 했다. 그럴 땐 작은 담요로 몸을 둘둘 말아 감싸고 우유병을 입에 물리면 이내 조용해지다가 다시 잠들었다.

길게만 느껴지던 몇 시간이 지나면 아빠와 엄마, 형이 점심을 먹으러 돌아왔다. 그 모습을 빨리 보려고 나는 다시 칼카치타 지붕 위로 올라갔다. 그러곤 가족들을 찾으려고 눈도 깜빡이지 않은 채 되도록 멀리멀리 내다보기 위해 안간힘을 썼다. 마침내 멀리서 가족들의 모습이 보이기 시작하면 심장이 마구 뛰었다. 차에서 뛰어내리다가 넘어져도 바로 일어나 가족들에게 달려갈 정도였다. 한번은 형에게 뛰어올랐다가 하마터면 형이 뒤로 넘어질 뻔하기도 했다.

돌아온 엄마와 아빠는 잠시 트람피타를 살핀 다음, 다 같이 앉아서 점심을 먹을 수 있도록 칼카치타 뒤편에 초록색 군용 모포*를 깔았다. 엄마는 큰 식료품 가방에서 타코**를 꺼냈다. 엄마가 우리 가족을 위해 그날 새벽부터 일어나 만든 것이었다. 아빠는 일할 시간을 허비하지 않으려고 서둘러 밥을

24

먹어 치웠다. 그렇지만 형과 나는 그 시간이 조금이라도 길어졌으면 하는 마음에 밥을 느리게 씹었다. 엄마는 오른손으로 밥을 먹는 동시에 왼팔로 내내 트람피타를 안고 젖을 먹였다. 밥을 다 먹은 뒤에는 차 뒷좌석에 트람피타를 눕혀서 기저귀를 갈았고, 트람피타가 두 눈을 감고 스르륵 잠에 빠져들면 이마에 살포시 입맞춤했다. 그러는 동안 아빠는 자리에서 일어나서, 우리가 앉았던 모포를 착착 갠 뒤, 차 트렁크에 도로 집어넣었다. 그리고 바로 비어 있는 목화 자루를 들어 왼쪽 어깨에 둘러멨다. 엄마와 형에게 다시 일하러 가야 할 시간이란 걸 알리는 신호였다.

나는 다시 칼카치타 지붕 위로 기어올라 가족들이 바다처럼 펼쳐진 목화밭 속으로 서서히 사라지는 모습을 한참 바라보았다. 두 눈에 다시 눈물이 차올랐다. 지붕에서 내려와 타이어 바퀴에 기대앉아 생각했다.

'만약 내가 목화솜을 딸 수 있으면 아빠가 나도 엄마, 형이랑 같이 데려가 줄 텐데. 이렇게 계속 혼자 남아 있기 싫어.'

나는 트람피타가 잘 자고 있는지 확인한 다음, 살금살금 차

★ 모포는 동물의 털로 만든 깔개를 뜻합니다.

★★ 타코는 밀가루나 옥수수가루 반죽을 얇게 펴서 구운 뒤에 고기, 채소 등을 올려서 싸 먹는 멕시코의 대표적인 음식입니다.

에서 가장 가까운 목화밭으로 걸어 들어갔다. 그리고 처음으로 목화솜을 따보았다.

목화솜을 따는 일은 생각만큼 쉽지 않았다. 형처럼 양손을 번갈아 움직이며 따고 싶었지만, 나는 손이 작아 두 손으로 목화 송이를 하나하나 붙잡고 딸 수밖에 없었다. 왼손으로 아래쪽 목화 껍질을 잡고 오른손으로는 그 위의 목화솜을 따서 땅바닥에다 소복하게 쌓는 식이었다. 그럴 때마다 목화 껍질에 난 뾰족뾰족한 갈퀴들이 마치 고양이 발톱처럼 손을 할퀴었다. 때로는 갈퀴가 손톱 밑에 박혀서 선홍색 피도 고였다.

문제는 또 있었다. 목화 송이는 거의 키가 큰 목화 나무 꼭대기에 달려 있어서 내 손이 잘 닿지 않았다. 그래서 먼저 줄기를 잡고서 땅에 닿을 때까지 온몸으로 힘껏 아래로 구부러뜨려 휘어지도록 만들었다. 그런 다음에 구부정하게 허리를 숙이고 서서 목화솜을 차례로 땄다. 목화솜을 모두 딴 뒤에는 옆으로 빨리 비켜서야 했다. 활처럼 휘었던 줄기가 휙 하고 제자리로 돌아가면서 무섭게 이리저리 흔들렸기 때문이다. 이때 재빠르게 피하지 않았다가는 줄기에 얼굴을 세차게 얻어맞았다.

시간이 흐르고 어느새 날이 저물었다. 나는 몹시 지치고 울적했다. 생각했던 것만큼 목화솜을 따지 못해서였다. 쌓인 목화솜은 약 60센티미터로 겨우 무릎 높이였다. 그 순간, 아빠의 말이 떠올랐다. 수확한 목화솜은 무게를 재서 1파운드에 3센트씩 받을 수 있다고 했다. 나는 무게를 더 나가게 하려고 목화솜 더미 안에 더러운 흙을 섞어 두었다.

해가 저물어 어둑해지자 아빠와 엄마, 형이 돌아왔다. 목화솜을 땄다는 이야기로 가족들을 깜짝 놀라게 하려고 입을 막 떼려고 하는데, 엄마가 먼저 내 말을 가로채며 물었다.

"트람피타는 잘 있니?"

그러면서 내가 대답할 새도 없이 곧장 트람피타가 누워 있는 칼카치타로 다가갔다. 문을 연 엄마는 트람피타를 보자마자 엄청 화를 냈다. 그제야 나는 목화솜을 따는 데 정신이 팔린 나머지 트람피타를 까맣게 잊고 있었다는 걸 깨달았다. 트람피타는 내가 목화밭에 들어가 있던 동안 하염없이 울다 지쳤는지 눈물과 콧물이 뒤범벅된 지저분한 얼굴로 잠들어 있었고, 우유병은 굴러떨어져 깨져 있었다.

"동생 잘 보고 있으라고 했잖니!"

엄마가 버럭 화를 냈다. 나는 얼른 내가 딴 목화솜을 자랑스레 가리켰다.

"그렇지만 이것 좀 보세요."

엄마는 목화솜 더미를 흘긋 보았지만 여전히 화가 난다는

27

듯 절레절레 머리를 흔들고는 트람피타의 얼굴을 닦아 주기 시작했다. 반면에 아빠는 내가 딴 목화솜을 보고 씨익 웃으며 형에게 자루에 옮겨 담으라고 했다. 하지만 거기에 더러운 흙이 뒤섞여 있는 걸 발견한 순간 아빠의 미소는 찡그림으로 대번에 바뀌어 버렸다. 아빠는 목화솜 사이사이에서 흙덩이를 끄집어내 땅바닥에 하나씩 내던졌다.

"부끄러운 줄 알아라. 이렇게 하면 우리 다 해고야. 일자리를 잃는다고!"

아빠는 허리띠에 양손을 얹고 계속 꾸지람을 했다.

"게다가 네가 해야 할 일은 동생을 돌보는 거야. 알겠어?"

"네……, 아빠."

나는 겁에 질려서 겨우 대답했다. 속상하고 혼란스러웠다. 잠시 뒤 서글픈 마음을 안고 나는 형 곁으로 다가갔다. 그 순간 기댈 곳은 형뿐이었다. 그리고 가만히 속삭였다.

"언젠가는, 나도 형이랑 엄마, 아빠 따라서 목화솜을 따러 갈 거야. 그러면 혼자 남지 않아도 되잖아."

형이 돌아보았다. 그리고 나를 팔로 감싸안아 주며 가만히 고개를 끄덕였다.

껍질을 벗다

"수업 시간에 딴짓했다고 30센티미터나 되는 자로 손목을 맞았어. 그건 절대 못 잊지."

로베트토 형에게 처음 학교에 들어간 해에 어땠냐고 물었더니 형은 그때를 떠올리면 약간 화가 난다는 투로 대꾸했다.

"근데 나더러 어쩌라고? 선생님이 영어로만 가르치는데."

형의 이야기에 나는 내가 맞기라도 한 것처럼 손목을 쓱쓱 문지르며 또 물었다.

"그래서 그럴 때 어떻게 했어, 형?"

"선생님이 나한테 원하는 게 뭔지 항상 눈치로 알아내려고 했지. 그리고 선생님이 다시 자를 들이대지 않으면 아, 내가 생각한 게 맞았구나 했고."

형은 또 생각난 듯 말했다.

"뭔가를 영어로 말하려고 더듬거리거나 그러다가 틀리면, 날 보고 마구 놀려 대는 애들도 있었지."

그리고 한숨을 쉬며 덧붙였다.

"그 1학년 수업을 내가 또 들어야 하다니."

사실 할 수만 있다면 나도 형한테 묻고 싶지 않았지만, 엄마와 아빠를 포함해 가족 중에 학교를 다닌 사람은 형밖에 없어서 어쩔 수가 없었다. 형의 이야기를 들으니 점점 겁이 났다. 나 역시 영어로 말할 줄 모르고, 들어도 무슨 소리인지 모르기는 똑같아서 점점 불안해졌다. 하지만 한편으로는 무척 설레기도 했다.

그때는 1월 말이었고, 우리 가족은 일주일 전에 목화솜을 따던 코코란에서 산타마리아로 돌아온 참이었다. 산타마리아 시내 동쪽으로 16킬로미터 정도 떨어진 곳에 시혜이 딸기 농장이 있었는데, 거기 딸린 노동자촌이 그 당시 우리가 사는 곳이었다.

드디어 처음으로 학교 가는 날이 다가왔다. 형과 나는 평소보다 일찍 일어났다. 나는 엄마가 굿윌 상점에서 사 준 플란넬 체크무늬 셔츠와 멜빵 바지를 입었다. 사실 난 그 바지가 싫었다. 멜빵이 달려 있는 게 좀 부끄러웠다. 옷을 다 입고 마지막으로 모자를 쓰려고 하는데 형이 실내에서 모자를 쓰는 건 예의에 어긋난다며 경고를 했다. 그 말을 듣고 혹시라도 교실에서 깜박하고 모자를 벗지 않는 실수를 하면 어쩌지 싶어서 집에 모자를 두고 갈까 고민했다. 하지만 결국은 그냥 쓰고 가기로 했다. 아빠도 매일 일터에 나갈 때 모자를 쓰니까. 그리고 왠지 모자 없이 학교에 가면 뭔가 덜 갖춰 입은 느낌이 들 것만 같았다.

스쿨버스를 타러 길을 나서며 형과 나는 엄마에게 인사를 했다. 아빠는 이미 당근 잎을 따거나 상추를 솎는 등의 일자리를 구하러 나가고 없었다. 엄마는 트람피타를 돌볼 사람이 없는 데다, 또 다른 아기가 배 속에서 자라고 있었기 때문에 쉬어야 해서 집에 남았다.

스쿨버스가 도착하자 우리는 버스에 올라타 나란히 앉았다. 나는 창가 자리에 앉아서 길가를 따라 끊임없이 심어진 상추와 꽃양배추를 내려다보았다. 2차선 도로를 따라 이어진

이 밭고랑들은 마치 우리를 쫓아 달려오는 거인의 다리처럼 보였다. 스쿨버스는 아이들을 태우기 위해 여러 번 멈추었고 그때마다 버스 안은 조금씩 소란스러워졌다. 어떤 아이들은 아주 목청껏 소리를 질러 대기도 했다. 나는 아이들이 무슨 말을 하는지 알아듣지 못했다. 그래서 점점 머리가 아파 왔다. 형은 아예 두 눈을 감은 채 인상을 찌푸리고 있었다. 나는 형을 귀찮게 하지 않으려고 가만히 있었다. 형도 머리가 아팠을 테니까.

학교에 도착했을 땐 스쿨버스 안이 가득 차 있었다. 운전사 아저씨가 붉은색 벽돌로 지은 건물 앞에 버스를 세우고는 문을 열었다. 아이들이 우르르 쏟아지듯 내렸다. 지난해에 학교를 먼저 다녀 본 형은 나를 데리고 교장실로 앞장서 갔다. 그곳에는 키가 크고, 붉은 머리칼에 짙은 눈썹, 손등에 털이 수북하게 난 심스 교장 선생님이 있었다. 형이 알고 있는 몇 안 되는 영어 단어로 동생을 1학년으로 입학시키고 싶다고 말하는 내내 심스 교장 선생님은 형의 말을 차분하게 들어 주었다.

이윽고 심스 교장 선생님은 손수 나를 이끌고 내가 공부할 교실로 안내했다. 교실을 보자마자 너무 기분이 좋고 설레었다. 우리 가족이 사는 천막과는 딴판이었다. 바닥은 나무였고 전기가 들어와 환하고 따뜻해서 무척 안락했다.

심스 교장 선생님은 스칼라피노 선생님에게 나를 소개했다. 스칼라피노 선생님은 빙그레 미소를 지으며 내 이름을 되뇌어 불렀다.

"프란시스코, 프란시스코."

그 두 사람의 대화에서 내가 이해할 수 있는 유일한 단어는 내 이름뿐이었다. 그들은 나를 처다볼 때마다 계속 내 이름을 불렀다. 이윽고 심스 교장 선생님이 자리를 뜨자 스칼라피노 선생님은 내가 쓸 책상을 가리키며 알려 주었는데, 창가 맨 뒷줄에 있는 자리였다. 교실에 아직 다른 아이들이 들어오지 않아 나 혼자였다.

나는 내 자리에 앉아 나무 책상 위에 손을 올려 쓰다듬어 보았다. 온통 긁힌 자국이 가득하고 잉크 자국으로 거무죽죽했다. 책상 덮개를 열어 보니 그 안에는 책 한 권과 크레용 상자, 노란 자, 두꺼운 연필, 가위가 들어 있었다. 책상 바로 왼쪽에는 창문 아래로 나무 선반이 있었는데, 교실 길이만큼 길고 짙은 색이었다.

그 나무 선반 위에 놓인 커다란 유리병 안에 애벌레가 들어 있는 게 눈에 들어왔다. 언젠가 농장에서 그와 똑같이 생긴 걸 본 적이 있다는 게 떠올랐다. 애벌레는 연두색 바탕에 검은색 줄무늬가 있었고 소리 없이 아주 느리게 움직이고 있었다. 유리병 안으로 손가락을 집어넣어 애벌레를 막 건드리려는 찰나, 수업 종이 울렸다. 교실 문밖에서 일렬로 서서 기다리던 아이들이 조용히 교실로 들어와 각자 자리에 앉았다. 몇몇 아이들이 나를 쳐다보며 키득거렸다. 당황스럽고 긴장이되어서 애벌레가 있는 유리병을 향해 휙 눈길을 돌렸다. 그 뒤로 누가 날 볼 때마다 계속 그랬다.

수업이 시작되었다. 나는 무슨 말인지 하나도 알아들을 수 없었다. 스칼라피노 선생님의 설명이 길어지면 길어질수록 나는 점점 더 불안해졌다. 마침내 그날 수업이 끝났을 때는 완전히 녹초가 되고 말 지경이었다. 그도 그럴 것이 무슨 뜻인지 전혀 이해할 수 없는 말을 종일 들어야 했다. 학교에 오기 전만 해도 열심히 집중하고 애쓰면 이해할 수 있을 거라 생각했는데, 막상 해보니까 전혀 아니었다. 머리만 아팠다. 그날 밤 자려고 누웠을 땐 선생님의 목소리가 머릿속에서 둥둥 울리기까지 했다.

몇 날 며칠을 그렇게 애쓰다, 머리 아프다, 반복하다가 어느날 문득 좋은 방법이 떠올랐다. 머리가 아파 오면 얼른 다른 생각을 하는 것이다. 이따금 교실 밖으로 날아올라 아빠가 일하는 농장으로 가서 그 앞에 내려앉아 아빠를 깜짝 놀라게 만드는 상상을 했다. 하지만 그렇게 몽상에 잠겨 있는 순간에도 항상 선생님을 쳐다보고 열심히 수업을 듣고 있는 척을 했다. 왜냐하면 아빠가 다른 사람이 말할 때 집중해서 듣지 않는 것은 예의에 어긋나는 일이며, 특히 어른이 하는 말을 들을 때는 더욱 나쁜 행동이라고 했기 때문이다.

스칼라피노 선생님이 그림책을 읽어 줄 때는 그래도 수업을 듣기가 좀 나았다. 앞에 보이는 그림을 가지고 나 혼자 속으로 이야기를 만들 수 있었기 때문이다. 물론, 스페인어로.

선생님은 모든 학생에게 잘 보이도록 그림책을 잡은 두 손을 머리 위로 번쩍 들고는 교실 안을 이리저리 걸으며 책을 읽었다. 책 안의 그림은 거의 동물이었다. 그렇게라도 그림책을 볼 수 있어서 좋았고 스스로 이야기를 만들어 낼 수도 있었지만, 그래도 사실은 선생님이 읽어 주는 이야기를 이해하고 싶은 마음이 간절했다.

얼마 지나지 않아 우리 반 아이들 가운데 몇 명의 이름을 알게 되었다. 가장 먼저 알게 된 이름은 '커티스'였는데 그 이유는 그 이름을 제일 많이 들어서였다. 커티스는 우리 반에서 키가 가장 컸고 힘도 제일 셌으며 인기도 최고로 많았다. 모든 아이가 커티스와 함께 놀고 싶어 했다. 아이들이 이쪽저쪽 편을 짜서 놀 때면 항상 커티스가 먼저 주장으로 꼽혔다. 반대로 나는 키도 제일 작고 영어도 알아듣지 못해서 항상 꼴찌로 아이들이 끼워 주었다.

스페인어를 조금 할 줄 아는 애들 중에 아서라는 남자애가 있었는데, 나는 그 애랑 노는 게 제일 좋았다. 우리는 쉬는 시간이면 그네를 타며 멕시코 영화배우인 호르헤 네그레테와 페드로 인판테의 흉내를 내면서 놀았다. 영화 속에서 그들은 말을 타며 멕시코 민요인 '코리도'를 불렀는데 우리도 라디오에서 자주 들은 노래였다. 하늘 높이 올라가도록 그네를 힘껏 타고 또 타면서 나는 아서에서 코리도를 불러 주었다.

그러나 스칼라피노 선생님은 내가 아서에게 스페인어로 말하는 걸 들으면 "안 돼!" 하고 소스라쳤다. 그럴 땐 마치 1초에 100번은 되는 듯 좌우로 고개를 부르르 떨었고, 동시에 비 오는 날 자동차 와이퍼처럼 검지를 세워 빠르게 흔들었다.

"영어로, 영어로 말해!"

선생님은 연거푸 강조했다. 그러자 아서는 선생님이 주변에 있을 때면 나를 피하기 시작했다.

그 후로 쉬는 시간에 나는 혼자 유리병 옆에서 애벌레를 보고 있을 때가 많았다. 간혹 애벌레가 푸른 잎과 줄기 사이에 숨어 버려 어디 있는지 찾기 어렵기도 했지만. 매일매일 나는 학교 운동장에 자라는 후추 나무와 사이프러스의 이파리를 따다 애벌레에게 가져다주었다.

그러던 어느 날, 애벌레 바로 앞 책장에서 나비와 애벌레에 관한 사진이 가득한 책을 발견했다. 한 장, 한 장 책장을 넘기며 사진들을 자세히 관찰하고, 손가락으로 애벌레의 통통한 몸과 나비의 화사한 날개, 그리고 이 녀석들의 몸에 있는 수많은 무늬를 살살 만져 보았다. 애벌레가 나비로 바뀐다는 걸 형이 전에 말해 준 적이 있어 알고는 있었지만, 그래도 조금 더 자세히 알고 싶었다. 각각의 사진 아래 커다란 고딕체 글씨로 적힌 영어 글자들은 애벌레와 나비에 대한 설명인 게 분명했다. 나는 사진들을 뚫어지게 보며 그 글자들이 무슨 의미일까 생각했다. 두 눈을 꼭 감았다가 뜨며 글자들을 쳐다보기를 아주 여러 번 반복했지만 결국 아무것도 알아내지 못했다.

학교에서 내가 제일 좋아하는 수업은 미술이었다. 스칼라피노 선생님은 매일 오후 미술 시간에 책을 읽었다. 그러면 반 아이들은 그 내용에 따라 그림을 그렸다. 다만 나는 여전히 선생님이 하는 영어를 알아듣지 못하는 탓에, 뭐든 내가 그리고 싶은 것을 그려도 된다는 허락을 받았다. 나는 모든 종류의 동물을 그렸지만 그중에서도 새와 나비를 가장 많이 그렸다. 그림을 그릴 땐 먼저 연필로 스케치를 한 다음, 크레용 상자에 든 모든 색을 빠짐없이 사용해 색칠을 했다. 스칼라피노 선생님은 내가 그린 그림 가운데 하나를 골라 아이들이 볼 수 있도록 교실 게시판에 압정으로 꽂아 전시해 두었다. 그런데 보름 뒤에 그 그림이 사라져 버렸다. 내 그림이 어디로 갔는지 알고 싶었지만 영어를 몰라 물어보지 못했다.

날씨가 쌀쌀한 어느 목요일 아침이었다. 쉬는 시간에 운동장에 있었는데 외투를 입고 있지 않은 아이는 나뿐이었다. 그때 아마도 심스 교장 선생님이 추위에 떠는 나를 본 모양이다. 왜냐하면 바로 그날, 모든 수업이 끝난 후, 심스 교장 선생님이 나를 교장실로 데려가더니 옷과 인형이 가득한 큼직한 종이 박스 안에서 초록색 외투를 꺼내 주었기 때문이다. 교장선생님은 외투를 건네며 입어 보라는 손짓을 했다. 옷에서 통밀 비스킷 냄새가 났다. 입어 보니 너무 커서 심스 교장 선생님은 내 몸에 맞게 5센티미터 정도 소매를 접어 주었다. 곧장 외투를 입고 집으로 돌아와 엄마와 아빠에게 내 모습을 보여 주었다. 날 보며 엄마와 아빠가 흐뭇하게 웃었다. 나는 그 외투가 초록색인 데다 내가 싫어하는 멜빵을 안 보이게 가려 줘서 너무 좋았다.

다음 날 금요일 아침, 그렇게 새로 생긴 외투를 입고 운동장에서 수업 시작을 알리는 종소리를 기다리고 있을 때였다. 갑자기 저 멀리서 커티스가 잔뜩 화가 난 황소처럼 나를 향해 달려오는 게 보였다. 커티스는 그대로 나에게 머리를 들이밀며, 양팔을 뻗어 내 등을 꽉 쥐고는, 발길질을 하면서 마구 소리를 질렀다. 도대체 왜 그러는지 영문을 모르겠지만 아무래도 내가 입고 있던 외투 때문인 것 같았다. 커티스가 내가 입은 외투를 움켜쥐더니 벗기려고 했기 때문이다.

눈 깜짝할 새에 우리는 땅바닥을 뒹굴며 레슬링을 하고 있었다. 아이들이 몰려와 우리 주위를 빙글 에워싸기 시작했다. 내 귀에 아이들이 커티스의 이름을 외치며 응원하는 소리가 들렸다. 아무도 내 이름은 외치지 않았다. 내가 이길 수 없는 싸움이란 걸 알았지만 그래도 나는 외투를 빼앗기지 않으려고 있는 힘을 다해 붙잡았다. 커티스가 소매 한쪽을 세게 잡아당기는 바람에 어깻죽지가 와드득 뜯어졌다. 이어서 오른쪽 주머니도 찢겨 나갔다. 바로 그때, 땅바닥에서 뒹구는 우리 머리 위로 스칼라피노 선생님의 얼굴이 나타났다. 선생님은 나를 짓누르고 있던 커티스를 잡아서 떼어 낸 후 내 옷깃을 추스르며 일으켜 세워 주었다. 나는 간신히 울음을 참고 있었다.

교실로 들어오는 길에 아서는 커티스가 잡아 뜯은 그 초록색 외투가 올해 초 커티스가 잃어버렸던 것이라고 알려 주었다. 그리고 선생님이 커티스와 나 모두 벌을 받아야 한다는 말을 했다고 전해 주었다. 우리는 일주일 내내 쉬는 시간마다 의자를 머리 위까지 번쩍 든 채 무릎을 꿇고 앉아 있어야 하는 벌을 받았다. 초록색 외투는 그날 이후 본 적이 없다. 커티스가 가져갔지만 한 번도 입는 걸 보진 못했다.

싸움이 있던 그날 오후, 나는 너무나 창피해서 스칼라피노 선생님을 쳐다볼 수조차 없었다. 그래서 줄곧 책상 위에 엎드린 채 눈을 감고 아침에 일어난 사건을 곱씹어 보았다. 차라리 그대로 잠들었다가 깨어나면 모든 게 꿈이기를 간절히 바랐다. 선생님이 내 이름을 부르는 소리가 들렸지만 대답하지 않고 그대로 엎드려 있었다. 그러자 선생님이 가까이 다가오는 발소리가 들렸다. 순간 어떻게 해야 할지 몰랐다. 곁에 다가온 선생님이 내 어깨에 손을 얹더니 부드럽게 흔들었다. 여전히 나는 어떻게 해야 할지 몰랐다. 선생님은 내가 움직이지 않자 잠들었다고 생각했는지 조용히 나가 버렸다. 그렇게 나는 쉬는 시간에 홀로 교실에 남겨졌다.

교실 안이 조용해지자 나는 고개를 들고 살며시 눈을 떴다.

창문을 통해 들어온 햇빛에 눈이 부셨다. 그래서 도로 눈을 감아 버렸다. 잠시 째깍째깍 시간이 흐르고 나는 왼쪽 창가로 고개를 돌리며 실눈을 떴다. 여전히 눈이 부셔 손등으로 눈을 비벼야 했다. 언제나처럼 그곳 나무 선반 위에 있는 애벌레를 찾아보았다. 그런데 유리병 안에 있어야 할 애벌레가 보이지 않았다. 어딘가 숨어 있겠지 하고, 손을 뻗어 유리병 안으로 손을 집어넣고 이파리들을 가볍게 흔들어 보았다. 순간 깜짝 놀랄 만한 광경이 눈에 들어왔다. 애벌레가 작은 가지에 대롱대롱 매달린 채, 실을 토해 내며 고치를 만들고 있었던 것이다. 아주 자그마하고, 실뭉치 같은 게, 형이 전에 이야기한 대로였다. 나는 검지로 톡톡 조심스레 고치를 쓰다듬으며 애벌레가 평화롭게 잠드는 모습을 그림으로 그렸다.

그날 모든 수업이 끝나자 스칼라피노 선생님은 편지를 주며 집에 가서 부모님께 전해 드리라고 했다. 엄마와 아빠는 영어를 읽을 줄 몰랐지만, 사실 읽을 필요도 없었다. 부르튼 내 입술과 왼쪽 뺨에 난 상처를 보는 순간 편지를 읽지 않아도 거기 쓰인 글이 무슨 내용일지 알 수 있었으니까. 그날 학교에서 일어난 일을 엄마 아빠에게 이야기했더니 아주 속상해하면서도 내가 불만을 품고 바로 선생님께 대들지 않아 안심하는 듯했다.

그 일이 있고 나서 며칠 동안은 학교에 가는 일도, 스칼라 피노 선생님과 눈이 마주치는 일도 전보다 힘들게 느껴졌다. 하지만 시간이 지나자 그날 금요일 아침에 벌어진 사건은 기억 속에서 점점 희미해졌다. 나는 다시 학교생활에 익숙해졌고 새로운 영어 단어도 몇 개 더 알게 되면서 교실에서의 생활도 전보다 조금 더 편해졌다.

그날은 5월 23일 화요일이었다. 며칠만 있으면 학기가 끝나고 방학이었다. 스칼라피노 선생님은 교실에 들어오자마자 내게 깜짝 놀랄 소식이 있다고 했다. 그러더니 바로 교실 안의 아이들을 모두 자리에 앉게 한 뒤에 출석을 부르고는 "다들 주목" 하고 외쳤다. 그 후 선생님이 한 말들을 나는 이해하지 못했지만 단 하나, 파란 리본을 들고 내 이름을 말하는 건 알아들을 수 있었다.

말을 마친 선생님은 얼마 전 교실에서 사라졌던, 내가 그린 나비 그림을 꺼내 모두가 볼 수 있도록 높이 들어 올렸다. 그리고 내 자리로 성큼성큼 걸어와 그 그림과 함께 파란 리본을 내게 내밀었다. 리본에는 금박으로 '1'이라는 숫자가 크게 적혀 있었다. 내가 그린 나비 그림이 대회에서 최우수상을 받은 것이었다. 너무나도 벅차올라서 하마터면 소리를 지를 뻔했다. 반 아이들은 파란 리본을 보려고 모두 목을 길게 빼고 내 책상 위를 쳐다보았다. 커티스도 마찬가지였다.

그날 오후 쉬는 시간, 나는 여느 때처럼 애벌레가 잘 있나 살폈다. 나뭇잎 사이의 고치를 찾기 위해 유리병을 빙글 돌리던, 바로 그때였다. 고치가 막 벌어지고 있었다.

"여기 좀 봐, 여기!"

나는 흥분해서 마구 소리쳤다. 곧 아이들이 벌떼처럼 나무 선반 주위로 몰려들었다. 그 광경을 지켜보던 스칼라피노 선생님은 아이들이 모두 볼 수 있도록 유리병을 들어 교실 한가운데 있는 책상 위에 올려놓았다. 그 후 몇 분 동안 우리는 모두 숨죽인 채 서서 나비가 벌어진 고치 밖으로 아주 천천히, 그 모습을 드러내는 걸 지켜보았다.

그날 수업의 끝을 알리는 마지막 종이 울리기 직전, 스칼라피노 선생님은 유리병을 들고는 교실 밖 운동장으로 반 아이들을 이끌고 갔다. 선생님이 유리병을 땅바닥에 내려놓자, 우리는 모두 선생님 곁을 뱅 둘러섰다. 반 아이들이 그렇게 하나가 된 모습은 처음이었다. 스칼라피노 선생님은 나를 부르더니 유리병 뚜껑을 열어 보라고 손짓을 했다. 나는 아이들

사이를 비집고 나가, 땅바닥에 무릎을 꿇고 앉고선, 조심스레 병뚜껑을 열었다. 그러자 마치 마법처럼, 나비가 두 날개를 위로 아래로 날갯짓하면서 공중으로 날아올랐다.

이윽고 수업이 끝나고 운동장 앞에서 스쿨버스를 타기 위해 줄을 서서 기다리고 있을 때였다. 나는 오른손에는 파란 리본을, 왼손에는 그림을 들고 있었다. 잠시 뒤 아서와 커티스가 다가와 내 뒤로 줄을 섰다. 그 아이들도 스쿨버스를 기다려야 했다. 그런데 별안간 커티스가 그림을 다시 보여 줄 수 있냐는 몸짓을 했다. 나는 커티스의 눈앞에다 그림을 펼쳐 보였다.

"커티스가 네 그림이 정말 좋대, 프란시스코."

아서가 스페인어로 내게 전해 주었다.

"너한테 준다는 말을 영어로 뭐라고 해야 해?"

나는 아서에게 물었다.

"잇츠 유얼스."

아서가 알려 주었다.

"잇츠 유얼스!"

나는 그 말을 그대로 따라 하며 커티스에게 그림을 내밀었다.

천막 도시의 기적

우리 가족은 그곳을 '천막 도시'라고 불렀다. 사실 우리뿐만 아니라 모든 사람이 천막 도시라고 불렀다. 하지만 그곳은 진짜 도시도, 심지어 잘 정돈된 마을도 아니었다. 천막 도시는 그저 시혜이 딸기 농장에 고용된 일꾼들이 낡은 천막을 치고 모여 사는 노동자촌의 다른 이름에 불과했다.

천막 도시에는 주소가 없었다. 거기가 어디냐고 물으면, 산타마리아 시내에서 동쪽으로 약 16킬로미터 떨어져 있는 시골 정도로 이야기할 뿐이었다. 천막 도시에서 약 800미터 떨어진 곳에는 일본인이 경작하는 수십만 평 크기의 드넓은 딸기 농장이 있었다. 이 농장을 굴러가게 하는 게 바로 천막 도시에 사는 일꾼들이었다. 천막 도시 뒤편에는 메마르고 황폐한 땅이 펼쳐져 있었는데, 북쪽으로 1.6킬로미터쯤 가면 도시에서 나온 쓰레기를 처리하는 매립장이 있었다.

또한 천막 도시에 사는 사람들 중에는 결혼하지 않은 남자가 많았고, 결혼하지 않은 여자는 거의 없었다. 우리 가족처럼 아빠, 엄마, 아이들 여럿이 사는 가족은 보기 드물었다. 다만 남녀 할 것 없이, 우리 가족이 그랬듯, 거의 다 불법으로 국경을 넘어왔다. 그리고 전부 멕시코 사람이었다.

목화 수확 철이 끝난 1월 말부터 엄마는 코코란에서 산타마리아의 천막 도시로 이사할 날만을 손꼽아 기다리고 있었다. 5월에 접어들고 딸기 수확 철이 시작되었지만 엄마는 일을 하지 못했다. 아기를 낳을 날이 몇 주밖에 남지 않아서였다. 허리를 숙여 무릎 아래까지 상체를 구부리는 동작은 배가 불룩한 만삭의 몸으론 너무 힘든 일이었다.

하지만 먹고살기 힘든 형편에 마냥 쉴 수도 없었다. 엄마는 천막 도시에 사는 농장 일꾼들 스무 명에게 밥을 해주는 일을 시작했다. 일꾼들이 농장에서 먹을 점심밥과 하루가 끝날 무럽 딸기 수확을 마치고 지쳐서 돌아왔을 때 먹을 저녁밥을 만드는 것이었다. 그래서 엄마는 일주일 내내, 매일 새벽 4시가 되면 가장 먼저 일어나 스무 명이 먹을 두 끼 분량의 토르티야*를 만들었다. 형과 나는 그런 엄마를 학교에 가지 않는 주말은 물론이고 여름방학에는 하루도 빠짐없이 도왔다.

아빠가 새벽에 일하러 집을 나가고 나면 남은 우리 형제는 나란히 앉아 도시락을 쌌다. 형이 타코를 둘둘 말면 옆에 있던 나는 그걸 받아서 종이 호일로 포장해 도시락 가방에 넣는 것이었다. 오전 11시 30분이 되면 형은 박스 안에 든 점심 도시락 스무 개를 들고 배달에 나섰다. 고작 30분밖에 안 되는 점심시간 동안 쉬고 있는 일꾼들에게 제때 전해야 했다. 형은 농장까지 도시락이 든 박스를 들고 걸어갔다가 다시 걸어왔다.

형이 도시락 배달을 마치면 우리는 커다란 알루미늄 통에 그릇을 넣고 함께 설거지를 했다. 그러고는 엄마가 조금이라도 낮잠을 잘 수 있도록 남동생 트람피타를 돌보았다. 오후 3시가 되면 엄마는 또다시 음식을 준비했다. 6시부터 7시 사이에 일꾼들이 먹을 저녁밥이었다. 그렇게 다시 저녁 배달을 마치면 형과 나는 이번에도 솥단지와 접시를 모아 설거지를

★   토르티야는 옥수수나 밀로 만든 멕시코 빵입니다.

47

했다. 그사이 엄마는 트람피타를 안고 우유를 먹였다.

매주 토요일이 오면 엄마는 일주일 동안 쓸 식재료를 한꺼번에 샀다. 아빠는 식재료를 상하지 않게 보관할 아이스박스를 직접 만들었다. 먼저 우리 텐트 입구 앞의 땅을 파서 커다란 구덩이를 만들었다. 그리고 사흘에 한 번씩 시내로 나가 커다란 얼음 덩어리를 사 가지고 와서, 거친 삼베로 둘둘 감은 뒤, 그 구덩이 안에 넣었다. 이게 아이스박스였다. 구덩이의 크기는 얼음 덩어리보다 두 배 정도 컸다. 아빠는 서늘하게 보관해야 하는 식재료를 얼음 주변을 비롯해 그 위의 빈 공간에다 두어야 하기 때문이라고 했다.

엄마는 고된 일들로 항상 지쳐 있었지만 새로 태어날 아기를 맞을 준비만큼은 모두 꼼꼼하게 챙겼다. 아빠에게 천막 주변에 사방으로 15센티미터 높이의 진흙을 쌓아서 동물이나 벌레가 안으로 들어오지 못하게 막아 달라고 했다. 특히 밤에 뱀이 기어들어 오면 안 된다고 당부했다. 아빠가 그 일을 모두 마치자, 엄마는 이번엔 평평한 마루를 만들어 달라고 부탁했다. 아빠는 엄마의 부탁을 들어 주기 위해 매일 저녁 일을 마치고 집에 돌아오면 천막 안에서 바닥을 다졌고, 형과 나를 불러다 쓰레기 매립장에 다녀오라고 시켰다. 천막 안에 마루를 만들기 위해 쓰레기 매립장으로 가서 버려진 나무판자들을 주워 오라는 거였다.

쓰레기 매립장은 천막 도시에서 1.6킬로미터 북쪽에 있었다. 그곳에 갈 때마다 우리는 언제나 큰 모험을 하는 기분이었다. 근처에 도착해 어스름히 땅거미가 지기를 기다렸다가 그곳을 지키던 경비원이 자리를 뜨면 재빨리 보물들을 찾아 낚아채야 했다. 우리에게는 그 보물들을 살 돈이 없었으니까. 경비원은 저녁에 일을 마치고 집으로 가기 전에 옷이나 자동차 부품, 깨진 램프 같은 좀 더 값비싼 물건들을 챙겨 임시 창고에 넣고 자물쇠를 채웠다. 그러나 크기가 큰 물건들, 예를 들어 침대 매트리스나 침대 스프링, 망가진 중고 가구 등은 창고 밖에 기대어 세워 두고 갔다. 나는 나무판자를 찾으면서 공부에 도움이 될 만한 책이 보이면 함께 주웠다. 물론 그림책을 주울 때가 제일 신났다.

어느 늦은 저녁이었다. 경비원이 퇴근했을 무렵 형과 나는 여느 때처럼 쓰레기 매립장으로 살금살금 숨어들었다. 그런데 쓰레기 더미 뒤에 숨어 있던 경비원이 불쑥 튀어나와 우리는 자지러지게 놀라고 말았다. 경비원은 우리 뒤를 쫓으며 고래고래 소리를 지르고 서툰 스페인어로 욕을 했다. 우리는 겁에 질려 그날 밤 빈손으로 집으로 돌아오고 말았다. 하지만 엄마가 원하는 마루를 만들려면 나무판자가 아직 부족했다.

우리는 콩닥거리는 가슴을 안고 그곳을 몇 번이고 다시 가야 했다. 나무판자를 다 모으자 이번에는 구멍과 뾰족한 부분을 가리기 위해 나무판자 위에 덮을 장판 조각들도 필요했다. 어두운 쓰레기 매립장에서 형과 나는 또 열심히 장판 조각을 주웠다. 그렇게 완성된 마루는 모양도, 색깔도 제각각인 장판을 꿰매고 기워서 마치 조각보 같았다.

하루는 형과 내가 쓰레기 매립장에서 기다란 나무 상자를 주워 온 적이 있다. 그러자 엄마는 낡은 담요를 반으로 쭉 찢은 뒤 상자 안에 깔아 아기 침대를 만들었다. 또 엄마는 낡은 매트리스 솜으로 아기 베개를 만들기도 했고, 밀가루 포대로 아기 옷을 만들기도 했다.

엄마는 우리가 사는 천막 입구를 항상 잘 닫아야 한다고 단단히 일렀다. 천막 도시의 쓰레기장에서 날아든 매캐한 연기와 고약한 냄새가 천막 안으로 들어오지 못하게 해야 한다고 했다. 하필이면 우리 천막은 쓰레기장 바로 앞에 있었고, 거리도 18미터 정도로 엄청 가까웠다. 천막 도시의 쓰레기장은 길이는 약 2미터이고 너비와 깊이는 약 1미터씩 되는 크기로 맨땅에 그냥 흙을 파서 만든 큰 직사각형 모양의 구덩이였다. 바람이 부는 날에는, 도시의 쓰레기 매립장에서 나는 역겨운 냄새와 천막 도시의 쓰레기장에서 나는 악취가 뒤엉켜 아주

고약했다. 가끔 나보다 몇 살 더 나이가 많은 이웃 아이들은 뱀을 죽여서 쓰레기장에 던져 넣었다. 그러고는 쓰레기를 태우려고 낸 불길에 뱀이 지글지글 소리를 내며 꿈틀거리는 모습을 한참이나 구경했다. 나는 이미 죽은 뱀이 어째서 불 속에서 몸을 배배 꼬고 뒤집는지 이해할 수 없었다. 마치 불이 뱀을 다시 살아나게 한 것만 같았다.

그런데 한번은 트람피타가 쓰레기장에 너무 가까이 다가갔다가 발을 헛디뎌 그만 그 안에 빠진 적이 있다. 곁에 있던 로베르토 형이 다급히 트람피타를 잡아당겨 구덩이에서 꺼냈다. 천만다행으로 불에 데지 않았다. 그날 이후 아빠는 우리를 절대 쓰레기장 근처에서 놀지 못하게 했다.

마침내 온 가족이 기다리던 아기가 태어났다. 형과 나는 꼬물거리는 아기를 보며 특히 더 벅차올랐다. 우리 형제 모두 그동안 아기를 위한 물건들을 구하느라 진짜 열심히 일했기 때문이다. 아빠와 엄마는 아기에게 후안 마누엘이라는 이름을 지어 주었지만, 우리는 모두 아기를 '작은 황소'라는 뜻의 '토리토'라고 불렀다. 태어날 때 무게가 4.5킬로그램이나 되는 우량아였기 때문이다. 토리토는 토실토실하고, 둥글둥글한 얼굴에, 갈색 곱슬머리를 하고 있었다. 나는 토리토라는 애칭이 아기에게 아주 잘 어울린다고 생각했다. 두 손을 단단히 쥐고 있는 모습이 딱 토리토였다. 내가 손가락 두 개를 토리토의 앙증맞은 손 안에 넣고 위로 잡아당기면, 토리토는 내 손가락을 놓치지 않으려고 주먹을 꽉 쥔 채 힘을 주느라 양발을 공중에 통통 찼다. 엄마가 젖을 먹일 때는 두 눈을 꼭 감고 엄마의 머리카락을 만지며 놀기도 했다. 나는 기저귀를 갈아 줄 때마다 토리토의 배를 간지럽혔고 그때마다 토리토는 꺄르르 웃었다.

토리토를 보고 있으면 항상 마음이 환해졌다. 더구나 토리토가 태어나기 며칠 전인 6월 초에 받은 성적표도 토리토 덕분에 잊을 수가 있었다. 스칼라피노 선생님은 내가 아직도 영어를 못하기 때문에 1학년 수업을 다시 들어야만 한다고 했다. 그 말을 듣고 침울했지만 며칠 뒤 태어난 토리토가 모든 걸 밝게 만들었다.

토리토가 태어난 지 두 달 정도 지났을 때였다. 토리토가 갑자기 아팠다. 밤새 쉬지 않고 우는 걸 보며 나는 뭔지 모르지만 토리토에게 문제가 생겼다는 걸 느꼈다. 아침에 손으로 살짝 간지럽혀 봤는데 토리토는 내게 조금도 웃어 주지 않았다. 얼굴이 창백해 보일 뿐이었다. 덩달아 밤새 한숨도 자지 못한 엄마는 토리토의 이마를 짚어 보더니 이렇게 말했다.

"열이 있는 거 같아."

엄마는 어찌해야 할 바를 모르는 것 같았다.

"토리토 좀 잘 보고 있으렴. 엄마가 형이랑 점심 도시락을 준비하는 동안."

나는 내 이마와 토리토의 이마를 계속 번갈아 만지며 토리토가 열이 얼마나 나는지 살폈다. 토리토의 이마는 나보다 엄청 뜨거웠다. 체온을 확인한 뒤 직접 기저귀도 갈았는데 냄새가 지독했다. 그날 오후 내내 토리토가 설사를 해서 엄마는 토리토의 기저귀를 자주 갈아야 했다. 토리토의 엉덩이와 사타구니는 뜨거운 햇볕에 그을린 아빠의 목덜미처럼 짓물러 빨개져 버렸다. 다음 날 오후가 되자 빨래통은 더러워진 기저귀로 넘치기 시작했다. 그래서 나는 기저귀를 빨기 위해 천막 도시 가운데에 있는 세면장으로 가서 수도꼭지를 틀고 양동이 가득 물을 길어 왔다. 다행히 줄이 길지 않아 오래 기다리지 않아도 되었다. 내 앞에는 양동이 두 개를 들고 기다리는 아주머니 한 명뿐이었다. 아주머니가 물을 채우자마자 나는 바로 양동이에 물을 가득 담아 우리 천막으로 돌아갔다. 그러고는 가져온 물을 빨래통 안에 부은 뒤에, 왼손으로 코를 꽉 막고 오른손으로는 기저귀를 휘휘 헹궜다. 그동안 엄마는 솥에 물을 끓였는데, 내가 다 헹군 기저귀를 건네면 다른 통에다 뜨거운 물과 함께 넣고는 빨래판에 대고 빡빡 문질렀다. 그렇게 빤 기저귀는 마지막으로 말리기 위해 아빠가 만든 빨랫줄에 널었다.

엄마는 열을 내리기 위해 하루에도 몇 번씩 토리토의 몸을 찬물로 씻겼지만 전혀 나아지질 않았다. 며칠 동안 우리 가족은 저녁만 되면 천막에 줄로 매달아 둔, 빛바랜 성모 마리아 그림 앞에 모여 앉아 토리토가 낫게 해달라며 기도했다.

그러던 어느 날 밤, 우리 모두의 간절한 기도와 달리 토리토의 상태는 더욱 나빠졌다. 몸이 점점 뻣뻣해지고 손과 발을 부르르 떨더니 두 눈동자가 까무룩 뒤로 넘어갔다. 입 가장자리로는 침까지 질질 흘렀다. 입술은 점점 보라색이 되어 갔다. 그러더니 숨까지 멈췄다. 토리토가 죽었다는 생각에 나는 목놓아 엉엉 울기 시작했다. 로베르토 형도, 엄마도 마찬가지였다. 우리의 모습을 보며 어린 트람피타는 겁에 질려 훌쩍거렸다. 그런 와중에도 아빠는 토리토가 숨을 쉬도록 입을 벌리려고 했는데 앙다문 입은 좀처럼 벌어지지 않았다. 그러자 엄마는 아기 침대에서 토리토를 들어 올려 가슴 안에 꼭 껴안았다.

"하느님, 제발 우리 아기를 데려가지 마세요."

엄마는 토리토를 안고 기도하고 또 기도했다. 잠시 뒤 토리토가 천천히 숨을 쉬기 시작했다. 뻣뻣하게 굳었던 팔과 다리도 조금씩 부드러워졌다. 우리는 토리토의 예쁜 갈색 눈동자를 다시 볼 수 있게 되었다. 그제야 다들 안도의 한숨을 내쉬고 손등으로 눈물을 훔치며 함께 울고 웃을 수 있었다.

그날 우리는 모두 꼬박 밤을 지새웠다. 토리토가 몇 번이고 깨서 울었기 때문이다. 다음 날 아침에 보니 엄마는 두 눈이 퉁퉁 부어오르고 뻘겋게 충혈되어 있었다. 그래서 평소처럼 토르티야와 점심 도시락을 만드는 데 더 많은 시간이 걸렸다. 아빠가 일을 하러 나간 뒤 형과 내가 설거지를 하는 동안 엄마는 토리토 곁에서 잠시도 떨어지지 않았다. 엄마는 토리토에게 물을 먹이고 지극정성으로 간호했는데 젖이 잘 나오지 않자 우유를 구해다 먹이기도 했다.

오후가 되자 엄마는 겨우겨우 버티고 있는 지경에 이르렀다. 형과 나는 엄마에게 토리토는 우리가 돌볼 테니 그동안 조금이라도 쉬라고 애원했다. 하지만 엄마는 쉽게 잠을 이루지 못했다. 간신히 잠들려고 할 때마다 토리토가 깨서 울음을 터뜨렸기 때문이다. 그럴 때마다 엄마는 매트리스에서 벌떡 일어나 두 팔로 토리토를 안고 토닥이며 진정시켰다. 토리토가 조금 안정을 찾는 듯하자 엄마는 우리에게 저녁거리로 콩을 씻어 달라고 했다.

"오늘은 이것밖에 할 수가 없을 거 같아. 콩조림……."

엄마는 미안해서 어쩌나 하는 표정이었다.

"일꾼들이 뭐라고 하지 않아야 할 텐데."

"괜찮을 거예요, 엄마."

나는 걱정하는 엄마를 안심시키며 콩이 든 솥을 기름 난로 위에 얹었다.

그날 저녁밥을 먹고 난 뒤, 기저귀를 갈기 위해 아기 침대 위에 토리토를 눕힌 엄마는 기저귀를 벗기던 그 순간, 피가 묻어 있는 걸 보고 깜짝 놀라 아빠를 부르며 소리를 질렀다.

"여보! 토리토가 더 안 좋아진 거 같아요. 봐요, 피! 혈변을 보잖아요."

아빠는 황급히 아기 침대 앞에 무릎을 꿇고 앉아 토리토를 살폈다. 토리토는 끙끙 앓는 소리를 내고 있었다. 아빠는 토리토의 이마도 짚어 보고 가만히 배도 만져 보았다.

"아직도 열이 심하네."

아빠의 목소리에 근심이 가득했다.

"배가 딱딱해. 먹은 게 잘못된 거 같아. 아무래도 상태가 빨리 좋아지지 않으면 병원에 데리고 가야겠어."

"하지만 우린 돈이 없잖아요."

엄마는 애처롭게 토리토를 바라보며 울먹였다.

"돈을 빌릴 수 있을 거야. 아니면⋯⋯."

아빠가 오른팔로 엄마의 어깨를 감싸안았다. 그리고 다시 뭐라고 말을 하려고 하는데, 그 순간 옆집에 사는 마리아 아줌마가 우리를 찾아왔다. 마리아 아줌마는 천막 안으로 머리를 쑥 들이밀며 물었다.

"들어가도 될까요?"

마리아 아줌마는 쿠란데라*로 천막 도시에서 꽤 유명했다. 특이한 약초와 주술로 사람들을 낫게 하는 재주가 있다고 했다. 마리아 아줌마는 키가 컸고 호리호리했으며, 검은 긴 생머리와 맞춘 듯한 검은 원피스를 항상 입고 다녔다. 피부는 불그스레한 데다 천연두를 앓아 우묵우묵한 자국이 있었으며, 움푹 들어간 두 눈은 연한 초록빛이었다. 또 허리춤에는 보라색 벨벳으로 만든 작은 주머니가 달려 있었는데 걸을 때마다 거기서 짤랑짤랑 소리가 났다.

"들어오시죠."

아빠가 마리아 아줌마를 보고 대답했다.

★ 쿠란데라는 중앙·남아메리카 지역의 민간요법 치료사입니다. 새알을 몸에 바르는 등 원주민의 전통 방식으로 병을 고치는 여성입니다. 주술사처럼 신비한 힘을 가지고 있다고 믿기도 했습니다.

"아기 우는 소리가 계속 들려서요."

마리아 아줌마가 천막 안으로 들어서며 말을 이었다.

"어디가 많이 아픈가요?"

"잘 모르겠어요."

엄마는 힘겨운 목소리로 대답했다.

"악귀가 든 건 아닐까요?"

마리아 아줌마는 왼손 손바닥으로 벨벳 주머니를 움켜쥐며 물었다. 그러고는 토리토의 얼굴을 보더니 한마디 덧붙였다.

"아기가 참 잘생겼네요."

아빠는 토리토의 얼굴이 더 잘 보이게 기름 램프를 가까이 가져오며 마리아 아줌마에게 화내듯 말했다.

"악귀라니 무슨 그런 말을 하십니까? 아니에요, 우리 애는 배가 아픈 겁니다. 돌처럼 딱딱해요. 보세요."

마리아 아줌마는 여윈 오른손을 토리토의 배에 대더니 부드럽게 문질렀다. 그러더니 갑자기 배를 쿡 눌렀는데, 그러자마자 토리토는 끙 하고 아픈 소리를 내다 울기 시작했다. 마리아 아줌마는 토리토를 돌아눕혀 엎드리게 한 뒤, 왼손으로 등에 있는 피부가 접힌 부분을 쭉 잡아당겼다가 다시 놓았다. 그 동작을 세 번 한 뒤에 토리토를 다시 홱 뒤집어 눕히고 이번엔 엄마에게 달걀을 세 개 가져오라고 시켰다. 달걀을 받아

든 마리아 아줌마는 토리토의 배 위에서 전부 깨트리고 부드
럽게 마사지를 했다.

"달걀이 아기의 병을 물러가게 할 거예요."

마리아 아줌마의 목소리는 확신에 차 있었다. 신기하게도
그 순간 토리토가 울음을 멈추었다. 엄마는 약간 안심을 하는
것 같았다. 하지만 나는 아니었다. 나는 '쿠란데라'라는 존재
가 왠지 모르게 너무 불안했다.

마리아 아줌마가 돌아가고 잠시 뒤, 우리 가족은 잠자리에
들 준비를 시작했다. 그런데 조용했던 토리토가 다시 신음소
리를 내기 시작했다. 그러더니 갑자기 그 소리가 뚝 끊겼다.
순간 천막 안에 죽음과 같은 침묵이 흘렀다. 우리는 모두 놀
라 서로의 얼굴을 쳐다보다가 토리토 곁으로 달려들었다. 토
리토는 나무토막처럼 뻣뻣하게 굳어 있었고 숨을 쉬지 않았
다. 눈동자까지 뒤로 넘어가 있었다. 엄마가 울음을 터뜨렸다.
형도, 나도, 트람피타도 소리 내어 울기 시작했다. 너무나 무
서웠다.

'분명 마리아 아줌마가 토리토를 이렇게 만들었을 거야.'

난 그렇게 생각했다.

아빠는 재빨리 토리토를 안아 들고는 담요로 둘둘 감싸며
소리쳤다.

"서둘러, 병원으로 가야 해!"

엄마와 아빠는 토리토를 부리나케 안고 나가 칼카치타를 탔다. 형과 나, 트람피타는 그 자리에 계속 서서 울고 있었다.

다시는 토리토를 볼 수 없을지도 모른다는 불길한 생각이 들었다. 겁에 질려 어찌할 바를 모르는 채로 나는 홀로 천막 밖을 이리저리 걸었다. 사방이 칠흑같이 어둡고 고요했다. 천막 뒤로 걸어가 바위투성이 바닥에 무릎을 꿇고 앉아 토리토를 위해 간절히 기도했다. 부모님이 돌아오실 때까지 아주 오래오래.

얼마나 시간이 지났을까? 칼카치타가 오는 소리가 들렸다. 나는 재빨리 자리를 박차고 일어나서 천막 앞으로 달려 나갔다. 그러나 돌아온 엄마와 아빠를 마주한 순간, 품 안에 토리토가 없다는 걸 알고 숨이 턱 하고 막히고 말았다. 결국 나는 엉엉 울음을 터트렸다.

"토리토 죽었어요?"

"아니야, 프란시스코. 진정해."

아빠가 나를 달래며 말했다.

"토리토는 지금 병원에 있어."

"토리토…… 죽는…… 거예요?"

목소리가 마구 떨려 왔다.

"아냐! 안 죽어."

엄마는 버럭 고함치더니 이내 섬뜩한 목소리로 말했다.

"신께서 그렇게 되도록 두지 않을 거야. 두고 봐."

시뻘겋게 달아오른 얼굴빛에 양쪽 가득 눈물이 차올라 있던 어두운 눈동자. 나는 그런 엄마의 모습이 당황스럽고 이해되지 않았다. 왜 나에게 화를 냈을까?

그날 밤 내내 토리토 생각에 쉽게 잠들지 못했다. 엄마와 아빠 역시 그랬다. 잠깐 졸다 깰 때마다 흐느끼는 엄마의 울음소리가 들렸고, 담배를 피우고 또 피우는 아빠의 뒷모습이 보였다.

다음 날 이른 아침. 엄마는 아빠가 일하는 곳까지 태워다 주고 온다며 집을 나섰다. 나는 이상하단 생각이 들었다. 평소 아빠는 딸기 농장까지 항상 직접 칼카치타를 몰고 갔기 때문이다. 더구나 그때 시간은 새벽 5시 30분이었다. 원래 아빠는 아침 7시까지 일터에 가면 되었고, 거기까지 가는 시간도 몇 분밖에 걸리지 않았다.

"금방 돌아올게."

엄마가 형과 나를 돌아보며 말했다.

"그동안 트람피타 잘 보고 있어."

나는 천막 밖으로 엄마 아빠를 따라나섰다가 엄마가 칼카치타에 오르려는 찰나에 얼른 물었다.

"이따가 우리도 토리토 보러 갈 수 있어요?"

엄마는 아무런 말없이 차 문을 탁 닫고는 그대로 빠르게 차를 몰고 가버렸다. 형과 나는 터덜터덜 천막 안으로 다시 들어갔다. 그러곤 한마디도 하지 않았다. 하지만 우린 서로가 무슨 생각을 하고 있는지 잘 알고 있었다. 형과 나는 매트리스에 나란히 무릎을 꿇고 앉아 성모 마리아 앞에서 조용히 기도하는 것밖에 할 수 있는 일이 없었다.

이윽고 엄마가 돌아왔을 때 나는 너무 불안한 나머지 짜증이 솟구치고 있었다. 금방 온다던 엄마가 오전 11시가 다 되어서야 돌아온 것이다.

"어디 있다가 온 거예요?"

내 목소리에는 화가 잔뜩 묻어 있었다.

"토리토 보러 갈래요!"

엄마는 형과 나를 두 팔로 꼭 끌어안더니 슬픈 목소리로 말했다.

"토리토는 오직 하느님만이 볼 수 있어."

"그게 무슨 뜻이에요?"

"토리토가 많이 아파. 희귀한 병에 걸린 거 같아. 너희는 그래서 만날 수가 없어."

"그렇지만 엄마는 아빠랑 새벽에 토리토를 보러 갔잖아요, 그렇죠?"

나는 흥분해서 점점 목소리가 커졌다.

"그래서 이렇게 늦게 돌아온 거잖아요, 맞죠?"

"그래, 맞아."

엄마의 목소리가 조금 부드러워졌다.

"근데 의사 선생님이 어린아이들은 지금 토리토랑 만나면 안 된다고 하셨어. 토리토가 집에 오면 그때 보자."

"그게 언제인데요?"

형과 내가 동시에 물었다.

"글쎄…… 아마 곧."

주저하는 듯한 엄마의 대답을 들으며, 나는 엄마가 우리에게 모든 걸 다 이야기해 주지 않았다는 걸 느낄 수 있었다.

저녁 식사 준비를 마친 뒤 엄마는 다시 일터에 있는 아빠를 데리러 칼카치타를 몰고 나갔다. 그리고 함께 집으로 돌아왔을 때 본 아빠의 얼굴에는 근심과 불안이 가득했다. 토리토에 대해 뭐라도 더 이야기해 주지 않을까 기다렸지만 엄마와 아빠는 단 한마디도 하지 않았다. 저녁밥을 먹자마자 엄마와 아빠는 또 병원에 갔다. 천막에 남겨진 형과 나는 묵묵히 설거지를 했다. 설거지를 마친 뒤에 나는 천막 밖으로 나와 뒤편으로 가서 새벽에 그랬듯 다시 무릎을 꿇고 앉아 기도를 했다. 하지만 잠깐밖에 하지 못했다. 옆집에서 마리아 아줌마가 주문을 외는 소리가 들리는 바람에 후다닥 천막 안으로 들어와 버렸다.

이윽고 엄마와 아빠가 병원에서 돌아왔다. 두 팔에는 여전히 토리토가 없었다. 형과 나는 서로의 얼굴을 마주 보고 실망한 표정을 감추지 못했다.

"토리토가 조금 나아졌어. 하지만 내일까진 병원에 더 있어야 한대."

그렇게 말하는 엄마는 눈물을 글썽거리며 어색한 미소를 짓고 있었다. 그러더니 숨을 크게 들이마시고는 형과 나, 트람피타를 차례대로 보면서 말을 이었다.

"우리 모두 아기 예수님께 기도를 드려야 해. 왜냐하면……."

"맞아."

갑자기 아빠가 엄마의 말에 끼어들더니 지갑 속에서 너덜너덜하게 해진 그림 한 장을 꺼내 들었다.

"엄마랑 아빠가 아기 예수님께 맹세했거든."

아빠는 오른손으로 그림을 꼭 쥐고 내려다보면서 계속 이야기했다.

"토리토가 다시 건강해진다면 앞으로 1년 동안 하루도 빠짐없이 매일 아기 예수님을 위해 기도하겠다고 말이야."

아빠는 엄마가 바느질감을 모아 놓은 조그만 양철 상자에서 핀 하나를 꺼내고는, 천막에 걸린 성모 마리아 그림 바로 옆에 아기 예수님 그림을 꽂았다.

그림 속 아기 예수님은 높은 나무 의자에 앉아 있었다. 샌들을 신고 긴 푸른색 망토 위에 짧은 갈색 망토를 걸쳤는데 거기에 어울리는 챙이 있는 모자도 쓰고 있었다. 그리고 오른손에는 양동이를 들고 왼손에는 나무 지팡이를 쥔 모습이었다.

우리 가족은 모두 아기 예수님 앞에 무릎을 꿇고 기도를 드렸다. 그 후로도 엄마는 우리 형제 중 누군가 아프면 항상 아기 예수님께 기도했다. 그가 아프거나 가난한 사람들, 특히 어린이들을 돌봐 준다고 굳게 믿었기 때문이다. 그날 나는 늦은 밤까지 이어지는 기도 속에서 스르륵 잠들었다.

그리고 그날 밤 나는 신비한 꿈을 꾸었다. 꿈속에서 나는 천막 뒤편으로 가서 무릎을 꿇고 앉아 아기 예수님 그림을 앞에 두고 기도를 하고 있었다. 그런데 갑자기 아기 예수님이 눈앞에 진짜로 나타났다! 아기 예수님은 의자에서 일어나더니 양동이를 들고 하늘로 붕 날아올랐다. 그러다 내가 있는 곳으로 미끄러지듯 내려와 내 발 앞에 양동이를 놓고 그 안을 들여다보라고 손짓했다. 고개를 떨구고 보니 양동이 안에서

65

작고 하얀 나비 수백 마리가 우르르 밖으로 쏟아지듯 나왔다. 하얀 나비들은 둥실둥실 공중에 모여 커다란 두 날개 모양을 만들더니 나를 번쩍 들어 올려서 천막 도시 밖으로 훨훨 데리고 나갔다. 그러고는 초록이 무성한 들판 한가운데로 가서 그곳에 누워 있던 내 동생 토리토 옆에 나를 사뿐히 내려놓았다. 그 순간 꿈에서 깨어났다. 나는 얼른 아기 예수님 그림을 바라보았다. 놀랍게도 그림 속에는 토리토가 높은 의자에 앉아 아기 예수님과 똑같은 옷을 입고 있었다.

다음 날 아침, 나는 내가 꾼 신비한 꿈 이야기를 엄마에게 들려주었다. 그러자 엄마는 이렇게 읊조렸다.

"아기 예수님이 그림 속에서 입고 있는 옷과 똑같은 걸 만들어 토리토에게 입혀야겠다."

정말로 엄마는 점심을 만든 뒤 낮잠을 자는 대신 엄마의 푸른색 원피스를 잘라 그 천을 꿰매 망토를 만들기 시작했다. 저녁 무렵 엄마는 결국 망토를 완성했다. 때마침 토리토를 데리러 병원에 가야 할 시간이었다.

그날 밤 드디어 엄마와 아빠가 토리토를 데리고 집으로 돌아왔다. 토리토는 엄마가 만든 푸른색 망토를 입고 있었지만 그림 속 아기 예수님처럼 신성해 보이지는 않았다. 붉었던 얼굴이 창백했고 토실토실했던 몸도 핼쑥했다. 그리고 내가 조금만 만져도 신음 소리를 냈다.

"엄마, 토리토가 아직도 많이 아픈 거예요?"

나는 걱정이 되었다.

"응, 아직은."

엄마 역시 걱정스러운 목소리였다.

"그러니까 토리토가 다 나을 때까지 계속 기도하자."

"의사 선생님이 병을 다 고친 게 아니에요?"

엄마는 내게서 등을 돌리더니 더는 아무 말도 하지 않았다. 그래서 나는 아빠를 쳐다보았다. 아빠는 두 손을 맞잡고 비틀며 초조한 걸음으로 같은 자리를 왔다 갔다 하고 있었다. 오랜 침묵 끝에 아빠가 입을 열었다.

"얘들아, 명심해라. 우리는 1년 동안 단 하루도 거르지 말고 아기 예수님께 기도를 드려야 한다."

그날 밤 이후로 정말로 우리 가족은 농장일을 따라 이곳저곳 사는 곳을 옮겨 다니는 와중에도 아빠 말대로 매일 밤이면 아기 예수님께 기도를 드렸다. 그리고 엄마는 어쩔 수 없이 빨래를 해야 할 때를 빼고는 토리토에게 항상 그 푸른색 망토를 입혔다.

8월 17일, 그날은 우리가 드디어 아기 예수님께 한 맹세를 지키게 된 날이었다. 토리토가 아팠던 날로부터 1년이 지난 것이다. 우리는 모두 토리토 곁에 둘러앉았다. 엄마의 무릎 위에 앉아 있는 토리토는 두 뺨이 발그스레해서 마치 천사 같았다.

"너희에게 해줄 얘기가 있단다."

토리토가 입고 있던 망토를 벗겨 내며 엄마는 눈물이 그렁그렁한 얼굴로 말했다.

"사실 1년 전에 엄마랑 아빠가 토리토를 병원에 데리고 갔을 때 말이야. 의사 선생님이 말하길, 우리가 너무 늦게 병원에 데리고 와서 아기가 곧 죽을 거라고 하셨어. 기적이 일어나야만 살 수 있다고 했지. 엄만 그 말을 믿고 싶지 않았어."

엄마는 잠시 멈추었다가 다시 기운을 내어 말했다.

"하지만 의사 선생님의 말이 옳았어. 우리에게 기적이 일어난 거야."

금빛 금붕어와 은빛 물고기

목화 수확 철에 코코란에는 항상 비가 많이 내렸다. 그러나 그해에는 유독 많은 비가 왔다. 하필 우리 가족이 파울러에서 포도 따는 일을 하다 이곳에 도착하자마자, 기다렸다는 듯 비가 억수같이 쏟아지기 시작했다. 그때 우리는 판잣집에 살았다. 졸졸 흐르는 작은 개울을 따라 목화 농장 일꾼들이 사는 판자촌이 일렬로 늘어서 있었는데 그중 하나였다.

비가 내리면 할 수 있는 일이 별로 없었다. 우리는 판잣집 안에서 다른 일꾼들에게서 들은 귀신 이야기를 하거나 스무고개 놀이를 하곤 했다. 그러다 이미 수없이 들은 똑같은 이야기에 싫증이 나면 옆집에 있는 금붕어를 들여다보며 놀았

다. 우리 집 창문에서는 옆집의 조그만 탁자 위에 있는 어항
이 보였다. 나는 몇 시간씩 창문 앞에 매달려 하루를 보냈다.
금붕어가 느릿느릿한 움직임으로 청록색 수초 사이를 미끄러
지듯 오가며 꼬리로 이파리를 건드릴 때마다 잔잔하게 물결
이 일렁였다. 엄마도 나와 같이 금붕어를 보는 걸 좋아했다.
엄마는 금붕어를 이렇게 불렀다.

"금빛 천사야."

반면에 아빠는 거의 종일 애를 태우며 시간을 보냈다. 담배
를 피우고 또 피우며 비가 와서 일하러 가지 못한다고 한탄했
다. 목화는 비가 오면 젖어 버리니 딸 수가 없었기 때문이다.

"비가 그치지 않으면 여기를 떠나서 다른 곳으로 일자리를
찾으러 가야 해."

아빠는 이 말을 계속 읊조리며 집 안을 이리저리 왔다 갔다
했다. 심지어 날씨 걱정을 너무 한 나머지 두통에 시달리기도
했다. 그 와중에 나는 조금 운이 좋았던 게, 그다음 주부터 다
시 학교에 가게 되었다.

이윽고 월요일 아침, 나는 엄마의 배웅을 받으며 학교로 향
했다. 학교는 우리 집에서 약 1.5킬로미터밖에 되지 않을 정
도로 가까웠다. 학교 가는 길에 미겔리토라는 아이를 만났다.
그 아이도 일꾼들 판자촌에 산다고 했다. 미겔리토는 나보다

나이가 두 살 더 많았지만 한 달 전인 10월에 처음으로 학교에 다니기 시작했다고 했다. 미겔리토는 교장실이 어딘지 내게 알려 주었고, 교장 선생님이 내게 한 질문들 중 몇 가지는 스페인어로 통역도 해주었다. 배정받은 3학년 교실로 들어가기 직전에, 나는 미겔레토와 수업이 다 끝나면 운동장에서 만나 집까지 같이 가자고 약속했다.

그날 미겔리토는 운동장에 먼저 나와서 나를 기다리고 있었다. 우리는 아침에 왔던 길 그대로 함께 판자촌을 향해 걸었다. 집으로 가는 길은 학교 운동장처럼 진흙투성이였고 군데군데 물웅덩이도 많았다. 미겔리토와 나는 물웅덩이는 호수고 우리는 거인이라고 상상하면서 폴짝폴짝 물웅덩이를 뛰어넘었다. 큰 목소리로 하나, 둘, 수를 세면서 점프해 누가 더 많이 물웅덩이를 넘는지 겨루었다.

미겔리토는 나보다 다리가 길었지만 점프 실력은 나와 비슷했다. 내가 미끄러져 균형을 잃기 전까진 그랬다. 잘 뛰다 그만 내 오른발이 물웅덩이 하나에 풍덩 빠진 것이다. 그 바람에 나는 물론이고 옆에 있던 미겔리토까지 생쥐마냥 흙탕물을 흠뻑 뒤집어쓰고 말았다. 물에 빠진 신발 안의 종이 깔창이 젖어서 질척거리고 떨어져 나가려고 했다. 종이 깔창을 손으로 다시 신발 안으로 쑤셔 넣다가 나는 미겔리토와 눈이 마주쳤다. 그리고 누가 먼저랄 것도 없이 웃음이 터졌다. 그 뒤 집으로 걸어오는 내내 우리는 서로 눈이 마주칠 때마다 깔깔거렸다. 판자촌 앞에 도착할 때까지 웃음을 멈추지 못했다.

우리 집 앞에 와보니 고물 자동차인 칼카치타가 보이지 않았다. 그건 집에 아무도 없다는 뜻이었다.

"우리 집에 들어가지 않을래?"

나는 미겔리토에게 물었다.

"일단 집에 갔다 와야 해. 금방 올게."

미겔리토가 대답했다.

"그럼 개울가 뒤에서 기다리고 있을게."

나는 혹시 몰라서 덧붙였다.

"우리 집은 10호야, 잊지 마."

"응. 나는 너희 집에서 열 번째 뒤에 있는 20호에 살아."

미겔리토는 경쾌한 목소리로 말한 뒤 자기 집 쪽으로 뛰어 갔다.

나도 잠시 집 안으로 들어갔다. 춥고 고요했다. 옆집의 금붕어를 보려고 창가로 갔다. 금붕어가 앞으로, 뒤로 유유히 헤엄치고 있었다. 그 모습을 보니 이런 생각이 들었다.

'금붕어도 외로울까.'

다시 집을 나가 개울가에 있는 바위 위에 걸터앉아 미겔리토를 기다렸다. 재잘거리는 물소리를 들으며, 작은 은빛 물고기들이 헤엄치며 어우러져 노는 모습을 보았다. 물살이 수초들을 잡아당기며 부드럽게 흘러 내려가고 있었다. 나는 조약돌 몇 개를 집어 물고기들이 다치지 않도록 조심스럽게 물수제비를 떴다.

"뭐하고 있어?"

미겔리토가 불쑥 등 뒤에서 나타나며 말을 거는 바람에 나는 화들짝 놀랐다.

"어, 그냥 물고기들 보고 있었어. 가족들이 일 끝나고 집으로 돌아오길 기다리면서."

"뭐 좀 잡을래?"

"응? 뭘 잡아?"

"물고기 말야."

미겔리토가 싱긋 웃으며 말했다.

내가 미처 대꾸할 겨를도 없이 미겔리토는 폴짝폴짝 뛰어서 조금 떨어져 있는 작은 후추 나무 곁으로 갔다. 그러더니 나뭇가지 두 개를 움켜쥐고 홱 잡아당겨 꺾었다.

"자, 이게 우리 낚싯대야."

미겔리토가 신이 난 목소리로 내게 나뭇가지 하나를 내밀었다.

"내가 내일 낚싯줄이랑 바늘을 가져올 테니까 그때 같이 낚싯대를 완성하자."

그날 밤 다시 빗줄기가 쏟아졌다. 밤새도록 세차게 내린 장대비는 아침이 되어서야 가느다란 가랑비로 바뀌었다. 나는 아침 일찍 모자를 쓰고 집에서 나와 미겔리토와 함께 학교에 걸어가려고 기다렸다. 오후에 물고기를 잡기로 한 약속이 떠오르자 벌써부터 가슴이 콩닥거렸다. 그런데 미겔리토가 나타나질 않았다. 종일 학교에서도 보이지 않았다.

그날 오후 학교 수업이 끝나고 집으로 돌아오자마자 나는 개울가로 달려갔다. 어쩌면 미겔리토가 거기서 나를 기다리고 있을지도 모른다는 생각이 들었다. 하지만 개울가에도 미겔리토는 없었다. 문득 미겔리토가 사는 판잣집 번호가 떠올랐다. 20호 판잣집으로 서둘러 달려가 쾅쾅 문을 두드렸다. 아무도 나오지 않았다. 집 주변을 맴돌던 나는 창문 안을 들여다보았다. 그 안은 아무것도 없이 텅 비어 있었다. 그 순간 철렁하고 가슴이 내려앉았다. 터덜터덜 집으로 돌아가는 길에 목이 메었다. 아직도 미겔리토의 웃음소리가 옆에서 들리는 것만 같았고, 우리가 함께 물웅덩이를 뛰어넘으며 놀던 모습이 자꾸 떠올랐다.

집으로 돌아온 나는 창가에 앉아 옆집 금붕어를 오래오래

가만히 지켜보았다. 얼마 후 가족들이 돌아왔다. 온종일 일거리를 구하러 돌아다니다 빈손으로 온 것이었다.

그날 밤에도 비는 억수같이 내렸고 결국 개울물이 넘쳐 질퍽한 길 위로 흘러넘쳤다. 그 바람에 판잣집들은 마치 호수 위에 둥둥 떠 있는 것만 같았다. 며칠 뒤 먹구름이 걷히고 햇빛이 비치자 호수는 흔적도 없이 사라지고 판자촌 주위에는 작은 물웅덩이가 수백 개나 생겼다.

날이 개어 다시 학교에 가게 된 어느 날, 집으로 돌아오는 길에 물웅덩이 속에서 작은 은빛 물고기들을 발견했다. 물고기들이 어떻게 그곳에 있게 되었는지는 모르겠지만 죽어 가고 있는 게 틀림없었다. 진흙 때문에 물고기들이 숨을 못 쉬고 있었다. 죽어 가는 은빛 물고기들을 보니 갑자기 옆집 금붕어가 생각났다. 나는 서둘러 집으로 가서 빈 커피 캔을 가져왔다. 거기다 물을 채우고 진흙탕이 된 물웅덩이에서 물고기를 건져 커피 캔에 넣었다. 그러고는 개울가로 가서 흐르는 물 위로 쏟아부었다. 그렇게 두어 시간이 지나자 나는 너무 지쳐서 움직일 수 없었다. 물고기가 너무 많아 아무리 빨리 움직여도 전부 살릴 수 없었다. 비가 다시 오기를 간절히 기도했지만 그날따라 햇볕이 쨍쨍 내리쬐었고, 바닥의 물이 말라 물웅덩이는 원래대로 진흙이 되어 가고 있었다.

그러다가 마지막 물고기를 건졌을 때 나는 물고기를 캔에 넣고 개울가가 아닌 금붕어가 있는 옆집으로 갔다. 손에 상처가 날 때까지 문을 두드리고 또 두드렸다. 그러나 아무도 집에 없었다. 커피 캔을 문 앞 계단에 내려놓고 캔 속을 들여다보았다. 작은 은빛 물고기가 나를 올려다보며, 뻐끔뻐끔 빠르게 입을 열었다 닫았다 하고 있었다.

그날 저녁 나는 창문 너머로 옆집을 보았다. 자그마한 은빛 물고기가 금빛 금붕어와 나란히 평화롭게 헤엄치고 있었다. 안도의 한숨이 나왔다. 그제야 조금 미소도 지을 수 있었다. 다음 날 아침 나는 미켈리토가 준 낚싯대를 들고 나가 개울가에 띄었다. 그리고 낚싯대가 물결을 타고 멀리멀리 흘러가서 보이지 않을 때까지 지켜보았다.

크리스마스 선물

크리스마스를 앞두고 며칠 전, 아빠는 드디어 코코란에 있는 목화 농장 판자촌을 떠나 다른 곳으로 일자리를 구하러 갈 거라고 했다. 우리 가족은 그곳을 마지막으로 떠난 사람들 중 하나였다. 아빠는 농장 주인이 목화를 모두 수확할 때까지 농장에 머무르는 게 일꾼의 도리라고 생각하는 사람이었기 때문이다. 다른 농장의 수확량이 많아 우리에게 더 이득이 되어도 그래야 한다고 생각했다. 어쨌든 그런 이유로 농장 주인 역시 우리 가족이 남아 일하는 동안 판잣집에서 공짜로 살 수 있게 해주었다.

그해에 우리 가족은 세 번이나 이사를 했지만 나는 별로 불

평불만하지 않았다. 그럴 수밖에 없는 게 코코란에 있을 때에
는 거의 내내 비가 와서 아빠, 엄마, 로베르토 형이 일하지 못
하는 날이 많았다. 그래서 날이 갈수록 형편이 어려워졌다. 우
리는 때로 어둑한 저녁에, 다 같이 칼카치타를 타고 시내로
나가서 식당가 뒤의 쓰레기통을 뒤져 먹을 걸 구하기도 했다.
과일이나 채소를 주우면 상한 부분들은 칼로 잘라 내고 비교
적 멀쩡한 부분들만 먹었다. 엄마는 썩은 건 골라 버리고 괜
찮은 조각만 모은 채소에다가 정육점에서 산 뼈를 넣고 스프
를 끓였다. 엄마는 정육점 주인에게 개들에게 먹이려는 뼈라
고 그럴듯한 이야기를 지어냈다. 하지만 정육점 주인은 그 뼈
들을 개가 아닌 우리 가족이 먹을 거라는 걸 분명히 알고 있
었을 것이다. 엄마가 뼈를 사러 갈 때마다 점점 더 뼈에 붙어
있는 살코기가 많아진 걸 보면 말이다. 마치 고기를 자를 때
일부러 살을 더 남긴 것 같았다.

코코란을 떠나기 위해 짐을 싸던 12월의 어느 날, 한 젊은
부부가 우리 판잣집을 찾아왔다. 아빠는 짐을 싸다 말고 선뜻
그 부부를 집 안으로 들였다. 20대 초반의 남자는 빛바랜 푸

른색 셔츠와 카키색 바지를 입었고, 그와 비슷한 나이로 보이는 아내는 수수한 갈색 원피스와 앞에 단추가 달리고 팔꿈치가 다 해진 회색 스웨터를 입고 있었다. 남자는 모자를 벗으며 미안해 어쩔 줄 모르겠다는 투로 말했다.

"방해해서 죄송합니다. 비는 그칠 줄 모르고 아내는 임신 중이라…… 혹시나 도움을 조금이나마 받을 수 있을까 해서 이렇게……."

남자는 들고 온 종이 가방에서 작은 지갑 하나를 꺼냈다.

"이 지갑을 사주실 수 있을까요? 55센트입니다. 여기 보세요, 진짜 가죽으로 만들었어요. 거의 새것이나 다름없는 물건입니다."

그는 아빠에게 지갑을 내밀며 말했다.

"미안합니다. 멕시코 동포(같은 나라 사람)를 위해 나도 그러고 싶지만, 우리도 가진 돈이 없습니다."

그 순간 '우리도 가진 돈이 없다'라는 아빠의 말에 나는 심장이 멎는 기분이었다. 잠깐이지만 이번 크리스마스에는 공을 선물로 받을 수 있지 않을까 하는 희망이 사그라들었다. 그래서 나도 모르게 혼잣말이 튀어나왔다.

"설마 작년처럼 되진 않을 거야."

생각에 빠진 내 머릿속으로 다시금 그 남자의 간절한 호소가 들려왔다.

"제발요, 그럼 25센트에 드릴게요."

아빠가 미처 대답하기도 전에 남자는 재빨리 다시 종이 가방에 손을 넣더니 이번엔 자수가 놓인 흰 손수건을 꺼냈다.

"이 손수건은 10센트인데 어떠세요? 제발요. 제 아내가 직접 수를 놓은 겁니다."

"미안합니다."

아빠는 계속 똑같은 대답만 되풀이할 뿐이었다.

"정말 예쁜 손수건이에요."

어느새 엄마가 다가와 여자의 가녀린 어깨를 부드럽게 쓰다듬으며 말했다.

"하느님의 은총이 있기를 기도할게요."

아빠는 미안했는지 젊은 부부를 문밖까지 배웅하는 것으로도 모자라 그 부부가 물건을 팔러 옆집으로 가는 길까지 함께 걸었다.

마침내 이삿짐을 다 싸고 우리가 가진 것들을 전부 칼카치타에 싣는 것까지 끝났다. 마지막으로 아빠는 판잣집 문을 닫았다. 그렇게 우리 가족은 북쪽으로 향했다.

그해 나는 처음으로 4학년에 입학하게 되었다. 하지만 수업을 시작한 지 3주밖에 되지 않았을 무렵 코코란을 떠나야 했다. 이삿짐을 실은 차는 하필 학교 옆을 지나쳤고, 그때 차창 밖으로 펼쳐진 학교 운동장에서 친구들이 놀고 있는 모습이 눈에 들어왔다. 만약 크리스마스 선물로 공을 받으면 저 아이들과 함께 갖고 놀고 싶었다. 마지막이 될지 모를 친구들을 향해 열심히 손을 흔들었지만 아무도 나를 보지 못했다.

꿀월 =3=3

아빠는 북쪽으로 이동하며 중간중간 차를 세우고 일자리가 있는지 물어보았다. 그러다 마침내 일꾼이 필요한 목화 농장 주인을 어렵게 찾을 수 있었다. 농장 주인은 일감과 함께 우리 가족이 살 집을 마련해 주었다. 우리가 살 집은 줄지어 늘어선 수많은 진녹색 천막 중 하나였다. 그곳의 일꾼 숙소는 마치 군대 막사처럼 보였다.

다 함께 칼카치타에서 짐을 내린 뒤 천막 안의 더러운 바닥에 두꺼운 종이를 깔고 그 위에 넓은 매트리스를 놓았다. 우리 가족은 아빠, 엄마, 로베르토 형, 나, 트람피타, 토리토, 그리고 막내인 아기 루벤까지 모두 그 매트리스 위에서 서로 꼭 끌어안고 잤다. 새로 생긴 우리 집은 벽이 천으로 되어 있어 특히 한밤중이면 찬바람이 뚫고 들어와 너무나도 추웠기 때문이다.

　크리스마스가 점점 가까워질수록 나는 선물로 공을 받을지 모른다는 기대감에 부풀었고 한편으론 받지 못할 거라는 불안감도 커졌다. 마침내 12월 24일, 크리스마스이브가 되었다. 그날은 시간이 마치 그대로 멈춰 버린 것처럼 종일 더디게 흘렀다.

　저녁밥을 먹고 난 후 우리 형제들은 모두 매트리스 가장자리에 나란히 앉아 엄마가 들려주는 이야기를 들었다. 아기 예수님의 탄생과 그에게 선물을 가져다준 동방 박사 이야기였다. 하지만 나는 엄마의 이야기가 귀에 잘 들어오지 않았다. 그저 빨리 저녁 시간이 끝나고 내일 아침이 오기를 바랐다. 마침내 동생들이 슬슬 졸기 시작하자 우리는 잠자리에 들었다. 서로를 꼭 껴안고, 중고 가게에서 사온 군용 담요를 서로에게 덮어 주면서 잠을 청했다. 다만 나는 크리스마스 선물 생각에 쉽게 잠이 오지 않았다. 젊은 남자에게 "우리도 가진 돈이 없습니다"라며 미안해하던 아빠의 말이 자꾸만 떠올랐다. 그럴 때마다 그토록 갖고 싶었던 공을 차며 신나게 노는 상상으로 그 말을 떨쳐 냈다.

　시간이 조금 지난 뒤 엄마가 조심조심 일어났다. 아이들이 모두 잠들었다고 생각한 엄마는 이불 밖으로 재빨리 빠져나가더니 등불을 켰다. 나는 담요를 머리끝까지 덮고 자는 척하며, 담요에 난 작은 구멍으로 엄마가 포장하고 있는 게 뭔지 훔쳐보려 했다. 하지만 엄마가 우리가 밥상 대신 쓰는 나무 상자들 뒤에 앉아 있는 탓에 손에 든 게 뭔지 보이지 않았다. 내 눈에 보이는 것은 비바람에 거칠어진 엄마의 얼굴뿐이었다. 희미한 불빛에 그림자가 드리워져 엄마의 눈 밑은 더욱 깊고 어두웠다. 선물을 싸기 시작하면서 엄마의 두 뺨을 타고 조용히 눈물이 흘러내렸다. 엄마가 왜 우는 건지, 그때 나는 이유를 알 수가 없었다.

새벽에 잠에서 깬 우리 형제들은 각자의 신발 앞에 놓인 크리스마스 선물을 빨리 보려고 서로 앞다투어 일어났다. 나는 선물을 두 손에 들고 떨리는 마음으로 포장지를 천천히 뜯었다. 그 안에는 든 건, 사탕 한 봉지였다. 고개를 들어 옆을 보니 로베르토 형과 트람피타, 토리토가 슬픈 표정으로 나를, 그리고 서로의 얼굴을 마주 보고 있었다. 모두 손에 똑같은 사탕 봉지를 들고 있었다. 나는 엄마를 돌아봤지만 뭐라고 내 기분을 표현해야 할지 몰라 아무 말도 하지 못하고 머뭇거렸다. 이미 엄마의 두 눈에는 눈물이 가득 고여 있었다. 그때 엄마 옆에 말없이 앉아 있던 아빠가 일어나더니, 매트리스 한쪽 귀퉁이를 들어 올리고 그 밑에서 자수가 놓인 흰 손수건을 꺼

냈다. 코코란을 떠나던 날 젊은 동포 부부가 팔던 그 손수건
이었다. 아빠는 눈물이 그렁그렁한 엄마에게 그 손수건을 내
밀며 다정하게 말했다.

"여보, 메리 크리스마스."

미안해 페리코

페리코는 비극적으로 세상을 떠난 나의 소중한 친구였다. 빨강, 초록, 그리고 노랑 털이 예뻤던 페리코는 판초 아저씨가 멕시코에서 몰래 들여온 앵무새였다. 아빠 친구인 판초 아저씨는 우리처럼 국경을 몰래 넘어온 농장 일꾼이었다.

페리코와 함께 살게 된 첫날, 로베르토 형은 페리코를 위해 철사를 가지고 임시로 새장을 만들어 주었다. 첫날에 페리코는 그 새장 속에서 꼼짝도 하지 않았다. 하지만 우리를 믿어도 된다는 걸 차츰 배우면서 페리코는 우리와 가족이 되었고 그때부터는 새장 밖으로 나와 자유롭게 날곤 했다. 그 시절 우리 가족은 제이콥슨 씨의 포도 농장에서 일하면서 다 쓰러져 가는 차고에 살았다. 페리코가 새장에서 나올 때마다 우리는 페리코가 차고 밖으로 나가지 못할 만큼만 남기고 차고 문을 닫아 두었다.

나는 물론, 우리 가족은 모두 페리코를 사랑하게 되었다. 나는 스페인어로 "귀여운 앵무새"라는 말을 페리코에게 가르치기 위해 틈만 나면 훈련을 시켰다. 페리코가 제일 좋아하는 놀이는 엄마가 우리 옷을 말리려고 걸어 둔 가늘고 기다란 줄 위를 왔다 갔다 하며 걷는 것이었다. 그 줄은 창고 한쪽 끝에서 다른 한쪽 끝까지 길게 뻗어 있었다.

나는 페리코가 앉아 있는 줄 바로 밑에다 포도 상자 박스를 놓고, 그 위로 올라가 팔을 뻗어 페리코의 발가락 옆에 집게손가락을 갖다 대곤 했다. 그러면 페리코는 내 손가락 위로 사뿐 올라타서 앉았는데 그게 너무 좋았다. 페리코는 손가락 끝에서 천천히 옆으로 한 발씩 옮긴 뒤, 두 발로 내 손가락 마디를 꽉 움켜쥐고는 고개를 좌우로 갸우뚱하면서 내게 배운 말을 되풀이했다.

"귀여운 앵무새. 귀여운 앵무새."

나는 그럴 때마다 너무 사랑스러워서 페리코를 그대로 들고 내 얼굴로 가까이 가져와 코로 페리코의 부리를 톡톡 건드렸다. 그러면 페리코도 옆으로 서서 나를 빤히 쳐다보고는 내

코에 부리를 문질렀다. 내가 페리코의 머리에 뽀뽀할 때까지.

그런데 페리코를 아끼는 내 마음과 우리 둘의 애정 못지않게 페리코는 카타리나를 좋아했다. 카타리나는 흰색에 검정 얼룩이 있는 고양이로 치코 아저씨와 필라르 아줌마와 함께 살았다. 두 사람은 젊은 멕시코인 부부로 앵무새를 좋아했고 우리 가족처럼 불법 이민자였다. 우리 가족이 사는 차고의 맞은편에 줄줄이 있는 마구간 중 하나가 그 부부가 사는 집이었다. 두 사람은 일이 끝난 저녁에 카타리나를 안고 자주 우리 집으로 놀러 왔다. 그 덕분에 페리코와 카타리나는 조금씩 서서히 서로 좋아하기 시작했다. 어찌나 좋아하는 친구가 되어 버렸는지 나중에는 우리가 먹고 남긴 콩, 쌀, 감자 같은 음식들을 한 그릇에 놓고 함께 나누어 먹을 정도였다. 문제는 치코 아저씨와 필라르 아줌마가 카타리나를 두고 우리 집에 올 때면 페리코가 속상해서 무척 난동을 부린다는 것이었다. 앉아 있는 줄이 흔들릴 정도로 날개를 파닥거리며 꽥꽥 야단스럽게 소리를 냈다. 시끄러운 걸 못 견디게 싫어하는 아빠는 그 때문에 짜증을 냈다. 특히 힘들게 일을 하고 돌아온 날에는 더욱 화를 참지 못했다.

그러던 어느 날 초저녁, 치코 아저씨와 필라르 아줌마가 하필이면 또 카타리나를 두고 놀러 왔다. 페리코는 카타리나가 없다는 걸 보자마자 성질을 부리며 그날따라 유난히 꽥꽥 소리를 지르기 시작했다. 그 소리는 마치 번갯불처럼 아빠의 머릿속을 찔러 댔다. 사실 아빠는 지난 며칠 동안 깊은 근심에 빠져 있었다. 포도 농장의 수확이 거의 끝나 가고 있어서 이제 또 어디로 가서 무슨 일을 해야 할지 막막했기 때문이다. 아빠는 두 손으로 귀를 막은 채 차고 구석으로 달려가더니 빗자루를 움켜쥐고 있는 힘껏 줄 위에 앉아 있던 페리코를 향해 내리쳤다. 빨강, 초록, 노랑 깃털들이 사방으로 휘날렸다. 물에 젖은 행주처럼 툭, 하고 페리코가 더러운 바닥으로 떨어졌다. 그 순간 엄마, 형 그리고 나는 슬픔에 울부짖기 시작했다. 하지만 아빠는 이마저도 듣기 싫었는지 모두 그만 울라며 버럭 고함을 쳤다. 이제는 아무런 소리도 내지 못하는 페리코의 부리에서 피가 계속 뚝뚝 흘러내리는 것을 보며, 나는 누군가 내 심장을 갈기갈기 찢는 것만 같았다. 차고 문을 박차고 나가 내달렸다. 800미터쯤 떨어진 창고가 있는 곳까지 정신없이 뛰었다. 집에서 들리는 고함치는 소리, 비명 지르는 소리, 흐느껴 우는 소리가 등 뒤에서 나를 계속 쫓아왔다. 그곳으로부터 벗어나고 싶었다, 사라지고 싶었다.

드디어 창고에 다다른 나는 혼자 문을 열고 들어가 다시 문을 꼭 닫아 버렸다. 사방이 깜깜하고 조용했다. 그곳에서 무릎을 꿇고 앉아 페리코를 위해 기도하고 또 기도했다.

"성모 마리아님, 저희의 죄를 용서하여 주시고 부디 페리코가 행복한 곳으로 갈 수 있도록 도와주세요, 아멘."

기도를 계속하다 보니 서서히 진정이 되기 시작하면서 마음이 차분해졌다. 그래서 다음으로 아빠를 위해 기도했다.

그다음 날 일이 끝난 후 나는 로베르토 형, 트람피타와 함께 페리코를 묻어 주기 위해 나섰다. 우선 농장 주인의 쓰레기통에서 주운 담배 상자에다가 죽은 페리코를 담았다. 그런 다음 차고 뒤에 있는 포도 농장으로 가 밭고랑을 하나 고르고 발이 푹 빠질 정도로 깊게 구멍을 팠다. 그 구멍 안에 페리코를 담은 상자를 넣고 흙으로 그 위를 다시 덮었다. 마지막으로 형이 주워 온 막대기로 작은 십자가를 만들어 무덤 위에 꽂았다. 우리 셋은 몇 분이나 그 앞에서 아무 말도 없이 서 있다가 한참 뒤에 집으로 돌아갔다.

그로부터 2주 후 우리 가족은 새로운 일을 찾으러 코코란으로 떠났다. 나는 떠나기 전까지 매일매일 내 친구 페리코의 무덤을 찾아갔다.

나만의 목화 자루

10월의 끝자락이었다. 제이콥슨 씨의 포도 농장에서 할 일이 모두 끝나자 우리 가족은 다시 목화를 따기 위해 코코란으로 향했다. 짐을 싣고 좁은 2차선 도로를 달리는 칼카치타의 양옆으로 포도 농장이 쉴 틈 없이 이어졌다. 포도를 다 따버린 농장의 나무들은 이제 노란색, 주황색, 갈색의 이파리들로 한껏 물들고 있었다.

두 시간쯤 달리자 포도 농장에서 목화 농장으로 풍경이 바뀌었다. 길 하나를 사이에 두고 양쪽에 목화 나무가 끝 모르게 펼쳐져 있었다. 이제는 누가 말해 주지 않아도 나는 알 수가 있었다. 우리가 코코란에 거의 다 왔다는 것을.

이번에도 일할 곳을 찾기란 쉽지 않았다. 세 번째 찾아간 목화 농장에서 간신히 일자리와 살 곳을 마련할 수 있었다. 그곳 농장의 일꾼들은 일렬로 늘어선 나무 오두막에 살았다. 우리가 얻은 방 한 칸짜리 오두막도 그중 하나였다.

그날 저녁 아빠는 목화를 담을 자루들을 바닥 한가운데에 펼쳐 놓고 문제가 없는지 살폈다. 자루가 세 개밖에 없는 걸 보고 나는 당황스러웠다. 제일 큰 3.7미터짜리는 아빠 것이었고 나머지 3미터짜리 두 개는 엄마와 로베르토 형 것이라는 건 누가 봐도 분명했다.

"아빠, 제 껀요? 저는 자루가 없어요?"

"너는 아직 키가 너무 작아."

아빠가 망설임 없이 대답했다.

"하지만 저는 작년에도 자루 없이 목화를 땄는데요."

나는 눈물이 날 것만 같아 꾹 참고 말했다. 하지만 아빠는 아무런 말도 없이 고개를 가로저었다. 나는 아빠가 입을 다물면 떼를 쓰지 말고 받아들여야만 한다는 걸 잘 알고 있었다.

아빠는 자루 밑바닥을 튼튼하게 만들기 위해 자투리 천을 덧대 바느질하는 동안 내게 자루 가운데를 평평하게 잡아당기고 있으라고 했다. 바느질을 다 마치자 아빠는 자루를 직접 당겨 보았다. 또한 자루 입구를 벌린 상태로 허리춤에 묶고 문제가 없는지도 보았다. 이어서 자루를 허리 뒤에 매단 채 바닥 위에서 이리저리 끌고 다니면서, 양손을 위아래로 움직이며 목화를 따는 시늉을 했다. 보이지 않는 상상 속 목화 나무들 앞에서 연신 몸을 굽혔다. 그런 아빠의 모습은 꼭 캥거루 같았다.

아빠는 엄마가 쓸 자루도 똑같이 수선했고 엄마 역시 조금 전 아빠가 했던 것처럼 자루를 허리에 묶고 목화를 따는 연습을 했다. 흰색 삼베로 만든 3미터짜리 자루가 허리춤 뒤에서 질질 끌려오는 것을 본 엄마는 깔깔 웃음을 터뜨렸다.

"뭐가 그렇게 웃겨?"

아빠가 물었다.

"지금까지 본 웨딩드레스 중에서 이게 제일 이뻐서요."

하도 웃어서 배가 아픈 듯 엄마는 두 손으로 배를 움켜쥐고 대답했다. 형과 나도 그 모습이 웃겨서 키득키득 웃었지만 아빠는 하나도 즐거워 보이지 않았다.

어김없이 잠자리에 들 시간이 다가왔다. 아빠는 목화 자루를 차곡차곡 접어서 베개로 썼다. 넓은 매트리스의 맨 끝에 머리를 두고 누웠기 때문에 아빠의 자리는 벽을 마주 보는 위치였다. 그 벽에는 작고 빛바랜 〈과달루페의 성모 마리아〉 그림이 걸려 있었다. 아빠는 자기 전에 커다란 물통에 든 물을 한 컵 따른 뒤 머리맡의 바닥에 두었다. 그 옆에서는 두통약인 아스피린이 들어 있는 약병과 낙타가 그려진 카멜 담배, 빨간색 폴저스 커피 깡통도 함께 있었다. 이 중에 텅 빈 커피 깡통은 너무 추워서 밖에 나가 볼일을 보기 힘든 겨울밤, 가족 모두가 함께 쓰는 요강이었다.

로베르토 형, 트람피타, 토리토, 루벤 그리고 나는 자기 전에 성모 마리아 그림 앞에 무릎을 꿇고 조용히 기도를 드렸다. 엄마는 얼마 전에 태어난 여동생 로라를 담요로 감싼 뒤 조심스레 매트리스 옆의 상자에 뉘어 놓고 잘 자라며 입맞춤을 했다. 아빠와 엄마가 매트리스의 한쪽 끝으로 미끄러지듯 들어가 이불을 덮고 나면, 로베르토 형과 트람피타, 토리토, 루벤 그리고 나는 반대쪽 끝으로 기어들어 가서 이불을 덮었다. 온기를 빼앗기지 않으려고 우리는 서로 꼭 끌어안았다. 엄마와 아빠는 우리 다섯 형제보다 잠자리가 좀 더 편했다. 왜냐하면 우리는 다리가 짧아서 아빠와 엄마가 누운 쪽에 닿지 않았지만, 아빠와 엄마는 우리가 누운 매트리스 끝에 다리가 닿았다. 그래서 가끔은 아빠와 엄마의 발에 차여 잠에서 깰 때가 있었다.

어느 날 지붕 위로 다닥다닥 떨어지는 빗소리에 밤새 몇 번이나 잠에서 깬 적이 있다. 그런데 눈을 떠서 볼 때마다 어둠 속에서 빨갛게 타오르는 불꽃이 보였다. 아빠가 앉아 담배를 피우고 있는 것이었다. 약병에서 두통약을 꺼내는 달그락 소리도 들렸다. 나는 밤에 비가 오면 아침에 늦잠을 잘 수 있으니까 빗소리에 그깟 잠을 설쳐도 상관없었다. 하지만 아빠는 아니었다. 비가 오면 목화가 젖어 딸 수 없었기 때문이었다. 일꾼들은 목화 1파운드를 따면 3센트를 받을 수 있었는데, 비가 오면 목화가 젖어 무거워지기 때문에 농장 주인들이 목화를 따지 못하게 했다.

그날 아침에 정말 나는 늦잠을 자고 말았다. 그사이 비는 그쳤고 로라 말고는 모두 이미 일어나 있었다. 아빠는 붓고 충혈된 눈을 한 채 날씨를 욕했다. 그러나 아무것도 하지 않고 있을 순 없었다. 아빠와 형은 커다란 물통을 거친 천으로 둘둘 감싸고 깨지지 않도록 단단히 꿰맸다. 트람피타와 나는 상자 위에 앉아 엄마가 토르티야를 만드는 것을 지켜보았다.

엄마는 우리가 식탁으로 쓰는 나무 상자 위의 평평한 부분에다 토르티야 반죽을 올려놓았다. 그리고 길이가 30센티미터쯤 되는 밀대로 반죽이 두께가 1센티미터도 안 되는 큼직

한 동그라미가 될 때까지 밀고 또 밀었다. 그런 다음 작은 화로에다 코말*을 올리고 그 위에 토르티야를 구웠다. 그리고 다른 화로에는 솥을 놓고 콩 요리를 했다.

갓 구운 토르티야에 콩 요리를 아침밥으로 먹고 난 뒤 나는 형을 도와 설거지통에 담긴 그릇을 씻었다. 그 설거지통은 엄마가 토리토, 루벤, 그리고 루나를 씻길 때도 썼고 우리 옷을 빨래할 때도 썼다. 아침상을 물린 엄마가 아빠의 구멍 난 셔츠를 꿰맬 동안, 아빠는 칼카치타를 몰고 가장 가까운 주유소로 가서 화로에 쓸 기름을 사고, 마실 물을 커다란 통에 채워서 돌아왔다. 집에 돌아온 아빠는 또다시 담배를 피웠고, 두통약을 두 알이나 삼킨 뒤 잠자리에 들었다. 아직 잠이 오지 않았던 나는 트람피타와 매트리스에 앉아 스무고개 놀이를 했고 그다음에는 형이 해주는 귀신 이야기를 들었다. 엄마는 아빠의 기분이 좋지 않으니까 최대한 조용히 있으라고 신신당부를 했다.

"잊지 마, 너희 아빠는 시끄러운 걸 정말 싫어하셔."

★ 코말은 진흙판으로 만든 멕시코 전통 조리 기구입니다.

그 뒤로도 며칠이나 비가 오락가락했다. 그러다 마침내 금요일에 태양이 밝게 떴다. 그사이 아빠의 두통약이 들어 있던 약병은 텅 비었고 침대 옆에 둔 재떨이에는 담배꽁초가 수북이 쌓여 있었다.

다음 날인 토요일 아침, 자명종 시계처럼 요란하게 빵빵거리는 소리에 놀라 잠에서 깼다. 농장 관리인이 일꾼들을 모아 데려가려고 몰고 온 빨간 픽업트럭에서 울리는 경적이었다. 그 빵빵 소리는 비에 젖었던 목화가 다 말랐으니 이제 따도 된다는 걸 알려 주는 신호이기도 했다. 관리인은 빵빵 소리를 쉬지 않고 내는 한편, 질펀질펀한 진창길 위에서 물이 가득 고인 웅덩이를 피해 요리조리 픽업트럭을 몰았다. 줄줄이 늘어선 작은 오두막 사이사이를 느릿느릿 지나오는 그 모습이 마치 달팽이 같았다.

그렇게 일꾼들의 오두막을 한 바퀴 돌고 나니 시간이 20분 정도 흘러 있었는데, 관리인은 다시 잠든 일꾼이나 미처 빵빵 소리를 못 들은 일꾼이 있을까 봐 오두막촌을 처음부터 다시 한 바퀴 돌기 시작했다.

학교에 가지 않는 날에 그 빵빵 소리를 듣고 있으면 마치 종업식(1년간 학교생활을 마무리하는 행사)에 들은 마지막 수업

종소리처럼 느껴졌다. 이제 방학이니 일을 하러 가야 한다는 알람 같았다. 하지만 평소 시끄러운 거라면 뭐든 질색하던 아빠에게 그 요란한 소리는 기운을 북돋아 주는 음악이었다. 아빠는 그 소리에 생기가 돌았다.

관리인이 오두막을 두 바퀴 돌고 난 즈음 엄마는 점심 도시락을 챙겼고 아빠는 칼카치타에 시동을 걸었다. 준비를 끝낸 우리는 자루를 싣고 칼카치타에 오른 뒤 관리인의 빨간 픽업트럭 뒤로 줄을 섰다. 그리고 관리인이 목화 농장으로 일꾼들을 이끌고 출발하기를 기다렸다. 자기 차가 없는 일꾼들이 관리인의 픽업트럭을 타고 먼저 천천히 길을 빠져나가면 그 뒤로 낡은 차들과 트럭들이 줄지어 따라 나갔다.

관리인은 8킬로미터 정도 가서 픽업트럭을 길 한쪽에 세우고는 뒤따라오는 차들에게 멈추라는 손짓을 했다. 차에서 내린 관리인이 목화 농장을 가리켰다. 길가에서부터 그 끝이 보이지 않을 정도로 넓게 밭이 펼쳐져 있었다. 나는 아빠, 엄마, 형을 따라 차에서 내렸다. 트람피타는 차에 남아 토리토와 루벤, 그리고 로사를 돌보아야 했다. 차에서 내린 우리는 아빠를 따라서 목화를 더 가까이 보려고 나무 사이로 걸어 들어갔다. 다른 일꾼들도 마찬가지였다. 아빠는 목화가 아주 많이 달렸다고 했다.

목화 나무는 키가 약 90센티미터였는데 마른 갈색 이파리들 사이사이에 수많은 목화 송이가 조롱조롱 숨어 있었다. 또 한 키가 작은 나무에는 노랑 꽃, 빨강 꽃과 함께 아보카도처럼 생긴 조그만 초록색 열매도 달려 있었다. 아빠는 이 노랑 꽃, 빨강 꽃이 지고 나면 딱딱한 초록색 열매가 맺히는 것이고, 이 열매가 익어 껍질이 터지듯 벌어지며 그 안에서 목화 송이가 나오는 거라고 설명했다.

"하지만 명심해. 목화 송이는 장미랑 비슷해. 보기엔 예쁘지만 가시가 있어서 위험하거든."

아빠는 내게 단단히 일렀다.

"저도 잘 알아요. 껍질이 꼭 고양이 발톱 같았어요."

나는 혼자 목화를 따다가 손목과 손등에 잔뜩 상처가 났던 기억이 떠올랐다.

관리인은 목화가 완전히 말랐는지 확인한 뒤에야 우리에게 일을 시작하라고 외쳤다. 모든 일꾼은 자기 자루를 가지고 있었고 자기가 맡은 밭고랑이 있었다. 나만 내 자루도, 내 밭고랑도 없었다. 대신 나는 엄마의 밭고랑에 들어가 엄마보다 몇 미터 앞으로 간 뒤에 목화를 따고 땅바닥에 쌓아 놓았다. 엄마는 뒤에서 목화를 따며 오다가 내가 따놓은 목화 더미 앞에 도착하면 그걸 자루에 옮겨 담았다. 그러면 나는 이번엔 아빠의 밭고랑으로 가서 똑같이 했다. 그런 덕분에 엄마와 아빠는 고르게 목화 수확을 해나갈 수 있었다.

그런데 로베르토 형은 내가 도와줄 필요가 없었다. 형은 아빠나 엄마보다 훨씬 빨리 목화를 땄다. 두 시간 정도 쉬지 않고 목화를 딴 후에 형은 엄마에게 와서 자루 정리를 도왔다. 자루를 똑바로 세우고 위아래로 여러 번 흔든 뒤에 바닥으로 꾹 눌러서 목화를 더 담을 수 있는 공간을 만드는 것이었다. 그러다 자루가 너무 무거워 엄마가 끌고 가지 못할 정도가 되면 형은 자루를 들고 측량소에 가져가서 비운 뒤에 다시 가져왔다.

측량소는 400미터 정도 떨어진 농장 맨 끝에 있었다. 형은 무거워진 자루를 왼쪽 어깨에 짊어지고 오른쪽 손으로는 자루 끝을 단단히 붙잡았다. 나는 옆에서 형이 자루를 지는 걸 도왔다. 그리고 조금이라도 형이 덜 무거웠으면 하고 자루 뒤를 손으로 받치며 형을 따라 측량소에 갔다. 우리가 걸을 때마다 밭고랑의 옆구리가 자루에 스쳤다. 가는 길 중간중간 형은 멈춰 서서 목에 맸던 빨강과 파랑이 섞인 손수건을 풀어 땀을 닦았다. 우리가 측량소에 도착하자 관리인은 놀란 눈으로 형을 쳐다보았다.

"너는 어린애가 정말 힘이 세구나! 몇 살이니?"

"열네 살이요. 이제 곧 열다섯 살 돼요."

형은 숨을 몰아쉬며 자랑스럽게 대답했다.

"대단하네."

관리자는 저울을 조정하면서 말했다. 화물차 앞에 1미터쯤 되는 삼각대에 저울추가 매달려 있었다. 자루의 무게를 잰 관리자는 형에게 우리 가족의 이름을 물어보고는 수첩에 90파운드라고 적었다. 그러고 나더니 놀리듯이 내게 말을 건넸다.

"근데 넌 자루가 없니, 꼬마야?"

나는 그 말을 일부러 못 들은 척하고는 재빨리 우리 오두막만 한 화물차 옆을 빠져나왔다. 화물차는 구멍 모양이 육각형인 철망으로 둘러쳐져 있었고 덮개가 없었다. 그래서 마치 커다란 새장 같았다. 형이 목화 자루를 짊어지고 화물차에 걸어둔 사다리를 올라가는 동안 나는 아래에서 사다리를 꼭 붙잡았다. 꼭대기까지 올라간 형은 화물차 위에 가로질러 놓인 널빤지 위를 조심조심 걸어가서 자루를 쏟아 목화 송이를 우르르 화물칸 안에 넣고는 다시 사다리를 내려왔다. 그리고 빈 자루를 다시 엄마에게 가져다주었다. 아빠는 자기 자루를 직접 측량소에 가져갔지만, 허리가 아픈 탓에 화물차 위로 올라가 자루를 비우는 일만큼은 형이 대신했다.

그렇게 그날의 일이 끝나자 관리인은 장부를 확인한 후 아빠에게 우리 가족이 일한 작업비를 주었다.

"나쁘지 않았어. 600파운드나 벌었는걸."

아빠는 모처럼 기분 좋게 웃었다.

'저도 제 자루가 있었으면 더 벌 수 있었을 거예요.'

나는 이 말을 속으로 삼켰다.

목화 따는 일은 11월 중순까지 계속되었다. 관리인은 아빠에게 2차 수확기가 끝날 때까지 일한다면 그동안 오두막에 우리 가족이 계속 살아도 된다고 했다. 그 오두막은 농장 주인의 것이었기 때문이다. 목화 2차 수확기를 스페인어로 '라 볼라'라고 하는데 이 시기의 일은 까다롭고 지저분했다. 1차 수확기에 목화솜을 다 따고 나면 목화 나무에 열매, 껍질, 이파리가 남게 되는데 이 모든 걸 정리하는 게 2차 수확기에 할 일이었다. 더구나 작업비는 파운드당 1.5센트밖에 되지 않았다. 관리인은 2주에서 3주 정도 뒤에 라볼라가 시작될 테니 그 전까지는 우리 가족이 다른 농장에서 일을 해도 눈감아 주겠다고 했다.

그로부터 며칠 동안 비가 오지 않은 날이 이어졌다. 매일 아침 일찍 아빠와 엄마, 형은 일을 구하러 오두막을 나섰다. 집에서 돌봐 줄 사람이 없는 토리토와 루벤, 로사도 함께였다. 나와 트람피타는 학교에 갔다. 우리 둘은 주말이나 공휴일에만 가족과 함께 일터에 나갈 수 있었다.

그러던 어느 휴일, 추수감사절*이었다. 이른 새벽부터 아빠와 형, 나는 일거리가 남은 목화 농장을 찾기 위해 칼카치타를 타고 오두막을 나섰다. 그때 나는 추수감사절 연휴인 나흘 동안, 아빠에게 내 자신을 꼭 증명해 보이고야 말겠다는 다짐을 했다. 내게도 형처럼 나만의 목화 자루가 있어야 한다는 것을 말이다.

차창 밖으로 길 양쪽에 목화 농장이 끊임없이 스쳐 지나갔다. 지난 1차 수확기 때 따다 남은 목화솜 조각이 메마른 나뭇가지에 매달려 있었다. 모두 추위에 얼어붙어 차갑게 보였다. 갑자기 아빠가 저 멀리 앞을 가리켰다. 그곳엔 하얀 점들과 시꺼먼 연기가 가득 피어오르고 있었다.

"저기 봐!"

손끝으로 연기가 나는 곳을 가리키며 아빠는 흥분한 목소리로 외쳤다. 그러곤 속도를 내기 시작했다. 목화 농장에 거의 다다르자 아빠는 속도를 줄이고 고물 자동차 칼카치타를 길가에 세웠다. 바로 옆에 목화 화물차가 있었다. 그리고 몇 미

★ 추수감사절은 미국의 큰 명절로 11월 넷째 주 목요일입니다. 목요일부터 일요일까지 나흘간 연휴로 보냅니다. 1년을 잘 보낸 것에 감사하며 온 가족이 모여 칠면조 구이를 먹는 전통이 있습니다.

터 떨어진 곳에 불태우고 있는 타이어를 빙글 둘러싸고는 몇몇 남자와 여자가 얼어붙은 몸을 녹이며 서 있었다.

아빠는 멕시코인으로 보이는 현장 관리인에게 다가가 일자리가 있는지 물었다. 관리인은 우리가 원하면 언제든 일할 수 있다고 하면서도, 잠시 몸을 녹이는 게 좋겠다며 우리를 불을 쬐고 있는 사람들 틈으로 데려갔다. 하지만 아빠는 그 짧은 쉬는 시간도 아까워했다. 아빠는 형과 내게는 불을 쬐고 있어도 된다고 하고는 혼자 목화밭으로 몸을 돌렸다. 그 모습을 보며 나는 지금이야말로 나도 목화 자루를 가질 만큼 컸다는 것을 보여 줄 기회라고 생각했다. 그래서 형과 함께 아빠를 따라 목화밭 안으로 들어갔다.

아빠와 형은 각자 밭고랑을 하나씩 골라 들어갔다. 나는 아빠의 밭고랑으로 들어가 몇 미터 앞에 가서 섰다. 그리고 추워서 호주머니 깊이 넣고 있던 두 손을 꺼내 목화를 따서 고랑 위에 쌓기 시작했다. 그런데 고작 몇 초 만에 발가락에 감각이 없어지고 손가락이 딱딱히 굳어 움직이지 않았다. 손이 붉은색과 보라색으로 변하기 시작했다. 언 손을 녹이려고 계속 입김을 호호 불어 보았지만 소용이 없었다. 그러자 어떻게든 손을 녹여야 한다는 생각에 다급해졌다. 뒤를 돌아 나를 보는 사람이 없는지 얼른 살폈다. 일꾼들은 저 멀리 불 옆에서 아직도 몸을 녹이고 있었다. 나는 재빨리 왼손을 둥그렇게 컵처럼 오므리고 오줌을 받은 뒤, 손바닥에 모인 따뜻하고 노르스름한 오줌으로 두 손을 마구 비볐다. 그 순간, 목화 가시에 긁힌 손등이 쓰라리고 불에 덴 듯 따끔거렸다. 그러더니 젖은 손이 순식간에 차가워지며 얼음장처럼 딱딱하게 변했다. 더는 목화를 딸 수 있는 손이 아니었다.

창피하고 풀은 죽은 채로, 나는 아빠에게 되돌아갔다. 허리를 말고 일하고 있던 아빠는 몸을 펴고 나를 내려다보았다. 아빠의 두 눈은 추워서 벌겋고 촉촉하게 젖어 있었다. 내가 차마 말을 꺼내지 못하고 있는데 아빠가 휙 형을 돌아보았다. 형은 자기 자리에서 꿋꿋하게 목화를 따고 있었다. 아빠는 다시 나를 내려다보고는 나지막이 불 옆으로 가라고 말했다. 그날 나는 알았다. 아직은 나만의 목화 자루를 받을 자격이 없다는 것을.

떠돌이 생활

또다시 떠날 때가 되었다. 딸기 농장의 소작인*인 이토 씨의 얼굴에는 웃음기가 없었다. 그럴 만도 했다. 딸기 최대 수확 철이 끝났건만 지난 며칠 동안 일꾼들이 수확한 양이 많지 않았기 때문이다. 그들은 대개 일용 노동자**인 막일꾼이었는데 6월과 7월 동안 수확한 것에 비해 양이 적었다.

8월 하순에 이르자 많은 일용 노동자가 농장을 떠나갔다. 그러다 일요일에는 그중 제일 일을 잘하던 아저씨 한 명만 일

★ 소작인이란 자기 땅이 없어서 남의 땅을 빌려 농사를 짓는 사람을 말합니다. 과거에는 땅 주인에게 비싼 사용료를 내야 했습니다.

★★ 일용 노동자는 하루치 일당을 받고 일하는 사람을 뜻합니다.

을 하러 왔다. 나는 그 아저씨를 좋아했다. 때때로 우리는 점심시간 30분 내내 이야기를 나누기도 했다. 그 아저씨가 우리 가족의 고향인 멕시코 할리스코에서 왔기 때문이었다. 하지만 우리의 만남은 짧게 끝나 버렸다. 그날 일요일이 내가 그 아저씨를 본 마지막 날이 되었다.

태양마저 지쳐서 산 뒤로 숨으려 하는 시간, 소작인 이토 씨가 집으로 돌아갈 때라며 우리에게 신호를 보냈다.

"그만 끝냅시다."

이토 씨가 서툰 스페인어로 외쳤다. 그 말은 내가 하루 열두 시간을 꼬박, 매일매일 빠짐없이, 일주일 내내 기다리는 말이었다. 하지만 그날만큼은 그 말을 다시 들을 일이 이제 없다는 생각에 울적해졌다.

집으로 돌아오는 길에 아빠는 차 안에서 한마디도 하지 않았다. 두 손을 핸들 위에 올린 채 흙먼지로 가득한 길만 가만히 바라보았다. 형도 아무 말이 없었다. 머리를 뒤로 기댄 채 눈을 감고 있었다. 이따금 창밖에서 날아든 흙먼지에 잔기침을 할 뿐이었다.

그랬다. 이제 또 떠날 때가 온 것이다. 판잣집에 돌아와 문을 연 순간 나는 그 자리에서 우뚝 멈춰 서고 말았다. 눈앞의 물건들이 이미 종이 박스에 실려 있었다. 문득 지난 모든 시간의 무게가 더 생생하게 느껴졌다. 이곳에서 일했던 몇 달, 며칠의 모든 1분 1초가……. 박스 위에 멍하니 앉아 '이번에 가는 프레즈노에서는 또 어떤 일이 기다리고 있을까' 하는 생각이 들자 왈칵 눈물이 났다.

그날 밤은 유난히 잠이 오지 않았다. 이렇게 떠돌며 사는 게 너무 싫다는 생각을 하며 침대에서 이리저리 뒤척였다.

다음 날 아침, 아직 새벽 다섯 시가 채 되기도 전에 아빠는 가족 모두를 깨웠다. 몇 분 후, 어린 동생들이 신나서 빽빽거리는 소리가 새벽의 고요함을 깨뜨렸다. 동생들은 우리가 사는 곳을 옮기는 걸 대단한 모험이라도 떠나는 줄로 여겼다. 아이들의 비명에 동네 개들도 덩달아 요란하게 짖어 댔다.

아침을 먹고 난 후 그릇을 포장하는 동안 아빠는 밖으로 나가 칼카치타에 시동을 걸었다. 칼카치타는 아빠가 오래된 검정색 플리머스(미국 자동차 브랜드)에 붙인 이름이다. 아빠는 칼카치타를 산타로사에 있는 중고차 시장에서 샀다. 그리고 이 작은 고물 자동차를 매우 자랑스럽게 여겼는데, 여기엔 그럴 만한 이유가 있었다. 아빠는 칼카치타를 사기 전에 여러 곳을 돌아다니며 많은 차를 살펴보았다. 최종적으로 칼카치타를 사기로 정한 다음에도 길에서 직접 여러 번 몰아 보며 꼼꼼히 확인했다. 그리고 차 구석구석을 샅샅이 살펴보았다. 또한 혹시 문제가 있는 곳에서 잡음이 나진 않는지 알아내려고 앵무새처럼 고개를 좌우로 까딱이며 모터 소리를 듣기도 했다. 그렇게 겉면에도, 소리에도 아무 이상이 없다는 것을 확인한 뒤, 아빠는 만족스러운 표정으로 원래 차 주인이 누구였는지 마지막으로 물어보았다. 그러나 차를 파는 영업자가 그건 알려주지 않았다. 어쨌든 그래도 아빠는 차를 샀다. 아빠는 원래 주인이 높으신 분이 틀림없다고 추측했다. 뒷좌석에서 파랑 넥타이를 발견했기 때문이다.

아빠는 칼카치타를 집 앞에 세우고 엔진을 켜두었다.

"부지런한 녀석."

아빠가 흡족하다는 듯 외쳤다. 형과 나는 아무 말 없이 이삿짐 박스를 날라 트렁크에 실었다. 형은 커다란 박스 두 개를 옮겼고 나는 작은 박스 두 개를 옮겼다. 그리고 아빠는 차 지붕 위로 매트리스를 던져 올린 뒤 밧줄로 앞에서부터 뒤쪽의 범퍼까지 묶어 단단히 고정했다.

이제 남은 짐은 엄마의 냄비뿐이었다. 낡고 큰 그 냄비는 겉면에 아연 도금이 되어 있었는데, 우리 가족이 산타마리아에 살던 시절 엄마가 군용 물건을 파는 가게에서 구한 것이었다. 그동안 하도 이사를 자주 해서 많이 찌그러지고 군데군데 흠집이 가득했지만 그럴수록 엄마는 "나의 냄비!"라고 부르며 더욱 아꼈다.

　나는 엄마가 나오길 기다리며 오두막집 문이 닫히지 않게 잡고 있었다. 엄마는 콩 요리가 쏟아지지 않도록 조심조심 양손으로 냄비 손잡이를 잡고 밖으로 나왔다. 엄마가 차 앞까지 오자 아빠는 손을 뻗어 엄마에게 냄비를 넘겨받았다. 이어서 형이 재빨리 차 뒷문을 열고 아빠는 앞좌석 뒤의 바닥에 조심히 냄비를 두었다. 그런 뒤 우리는 모두 차에 몸을 실었다. 아빠는 휴, 하고 한숨을 내쉬고는 옷소매로 이마 위에 맺힌 땀을 훔쳤다.

　"다 실었다."

　우리를 태운 칼카치타가 움직이기 시작하자 목이 메어 왔다. 나는 고개를 돌려 우리가 살았던 작은 오두막집이 보이지 않을 때까지 한참을 바라보았다.

　해 질 무렵이 되어서야 우리는 프레즈노 근처에 있는 한 노동자촌에 도착했다. 아빠는 영어를 할 줄 몰라서 엄마가 대신 현장감독을 찾아가 일꾼이 필요한지 물어보았다.

　"우리는 일꾼이 충분해요. 더는 필요 없어요."

머리를 긁적이며 현장감독이 말했다.

"음, 혹시 모르니 설리번 씨한테 가서 물어보세요. 여기서 길을 따라 내려가다 보면 나무 울타리가 있는 하얀색 큰 집이 보일 거예요. 거기가 그 사람 집이에요."

현장감독이 알려 준 곳으로 이르자 이번에도 엄마가 앞장 서 집 앞으로 걸어갔다. 엄마는 하얀 대문을 열고 들어가 장미 넝쿨을 지나 현관 계단을 올랐다. 그리고 초인종을 눌렀다. 그러자 현관의 전등이 켜지더니 키가 크고 건강한 체격의 남자가 나왔다. 엄마는 그 남자와 몇 마디 말을 주고받았다. 그런 뒤 남자가 다시 집 안으로 들어가자, 엄마는 손뼉을 치며 우리가 있는 차로 방방 뛰어왔다.

"일자리를 구했어요! 설리번 씨가 이번 수확 철 동안 저기에서 지내도 된대요."

엄마가 숨을 헐떡이며 손끝으로 가리킨 곳에는 마구간 옆에 자리한 오래된 차고가 있었다.

차고 안에는 세월의 흔적이 여기저기 남아 있었다. 벽은 흰개미들에게 갉아먹힌 채로 구멍이 뻥뻥 뚫린 지붕을 간신히 떠받치고 있었다. 더러운 바닥에는 말라붙은 지렁이가 많아 마치 우중충한 지도처럼 보였다.

그날 밤 등불 하나에 의지한 채 우리 가족은 이삿짐을 풀고 앞으로 살 새집을 청소했다. 형은 굳어서 떨어지지 않는 것을 빼고는 먼지 하나 없이 깨끗이 바닥을 쓸었다. 아빠는 못 쓰는 신문지와 깡통 뚜껑으로 벽에 난 구멍을 막았다. 그사이 엄마는 어린 남동생들과 여동생에게 밥을 먹였다. 청소를 마친 아빠와 형은 매트리스를 가지고 들어와 차고 안의 한쪽 귀퉁이에 내려놓았다.

"당신이 어린 애들을 데리고 매트리스에서 자요. 나는 로베르토와 프란시스코를 데리고 밖에 있는 나무 아래에서 잘 테니."

아빠가 엄마에게 말했다.

다음 날 아침 일찍 설리번 씨가 그의 밭이 어디 있는지 보여 주었다. 그래서 아침밥을 먹고 난 후 아빠와 형, 나는 포도밭으로 일을 하러 나갔다.

오전 아홉 시쯤 이르자 기온이 거의 38도까지 올라갔다. 온몸이 땀으로 범벅이 되었고 숨이 막혀 왔다. 입이 메말라 손수건을 물고 있는 기분이었다. 나는 밭고랑 끝으로 걸어가서 우리가 가져온 주전자를 집어 들고 물을 벌컥벌컥 마시기 시작했다.

"많이 마시지 마. 그러다가 탈 나."

형이 외쳤다.

그런데 형이 그 말을 하기가 무섭게 갑자기 배가 콕콕 하고 쑤셨다. 별안간 무릎이 휘청이더니 들고 있던 주전자를 떨어뜨렸다. 주전자가 저만치 데구르르 굴러갔다. 뜨거운 모랫바닥에 얼굴을 파묻은 채 나는 그대로 꼼짝도 하지 못했다. 벌레들이 윙윙 날아다니는 소리만이 귓가에 맴돌았다. 이윽고 천천히 정신이 들기 시작했다. 누군가 내 얼굴과 목덜미 위로 물을 붓고 있었고, 구정물이 팔을 타고 흘러내려 땅바닥으로 떨어지는 게 보였다

잠시 쉬는 동안에도 계속 현기증이 났다. 어느새 시간은 오후 두 시가 지나 있었고, 우리는 길가에 있는 커다란 호두 나무 아래 앉아 점심을 먹었다. 밥을 먹고 난 뒤 아빠는 우리가 딴 포도 박스의 수를 적어 두었다. 형은 나무 막대기로 땅바닥에 그림을 그렸다. 그런데 길을 내려다보던 아빠의 얼굴이 갑자기 창백해졌다.

"저기 스쿨버스가 온다."

아빠가 다급히 우리에게 속삭였다. 형과 나는 포도밭 속으로 달려가 몸을 숨겼다. 우리가 학교에 다니지 않는다는 걸 들키면 문제가 생길 수 있어서였다. 스쿨버스에서 단정하게 옷을 차려입은 내 또래 아이들이 내리는 게 보였다. 그 아이들은 저마다 책을 두 팔로 꼭 안고 있었다. 아이들이 길을 건

너자 스쿨버스가 다시 멀리 사라졌다. 형과 나는 숨어 있던 포도밭에서 나와 아빠 곁으로 돌아갔다. 아빠는 우리에게 당부했다.

"들키지 않게 조심해야 한다."

그렇게 점심시간이 끝나고 우리는 다시 일을 하러 밭으로 갔다. 햇볕은 여전히 뜨겁게 쏟아졌다. 요란하게 우는 벌레 소리, 끊임없이 흘러내리는 땀, 그리고 뜨겁고 메마른 흙먼지가 오후 내내 우리 곁을 떠날 줄 몰랐다. 그러던 태양도 마침내 기울어져 산자락에 닿더니 이내 산 너머로 사라져 버렸다. 그러자 주위는 금세 어두워져 더는 포도를 따기 힘들어졌다. 포도 나무 주변이 흐릿해서 포도송이가 뭔지 분간이 잘되지 않았다.

"이제 그만."

아빠가 말했다. 그 말은 오늘 일이 드디어 끝났다는 걸 알리는 신호였다. 아빠는 연필을 꺼내 첫날 우리가 얼마나 수확했는지 확인하기 시작했다. 숫자들을 적더니 몇 가지 이리저리 살피곤 다시 또 숫자를 적었다. 그리고 나직하게 중얼거렸다.

"열다섯."

우리는 집에 돌아오자마자 찬물이 나오는 호스 밑에서 몸을 씻었다. 그리고 저녁을 먹기 위해 식탁으로 쓰는 나무 상자 앞에 둘러앉았다. 그날 엄마는 우리를 위해 특별히 멕시코 전통 요리를 만들었다. 칠리 콘 카르네(고기를 넣고 끓인 매운 소스)를 밥에 비벼 먹고 토르티야에 발라 먹는 것이다. 내가 제일 좋아하는 요리였다.

다음 날 아침 눈을 떴는데 움직이기가 너무 힘들었다. 온몸이 두들겨 맞은 것같이 아팠다. 팔다리가 내 맘대로 되지 않는 느낌이었다. 몸의 근육들이 포도밭 일에 익숙해지기까지 그런 아침은 한동안 매일매일 반복되었다.

🚐 ≡3≡3

그날은 11월 첫째 주 월요일이었다. 포도 수확 철이 끝나서 나는 다시 학교에 갈 수 있게 되었다. 새벽부터 눈이 떠진 나는 그대로 누운 채 샛별들을 바라보며 생각에 잠겼다. 이제 당분간은 일하러 가지 않아도 되고, 또 그해 처음으로 6학년 수업을 들을 수 있다는 사실에 설레었다. 잠이 오지 않아 별수 없이 자리에서 일어나 아침밥을 먹고 있는 아빠와 형 곁으로 갔다. 맞은 편에 형이 앉아 있었는데 어쩐지 고개를 들 수가 없었다. 고개를 들어 형의 얼굴을 볼 자신이 없었다. 형이 슬퍼하고 있다는 걸 알고 있었으니까.

형은 오늘 학교에 가지 않는다. 어쩌면 내일도, 다음 주도, 다음 달에도 학교에 가지 못할 수 있다. 목화 수확 철이 끝날 때까지 형은 목화를 따야 하니 학교에 갈 수가 없는데 그럼 내년 2월까지 일을 해야 할 수도 있었다. 나는 괜히 두 손을 문질렀다. 거칠고 얼룩덜룩한 피부에서 때가 밀려 나와 바닥 위로 후두두 떨어지는 게 보였다.

아빠와 형이 일을 하러 나서자 그제야 조금 마음이 놓였다. 나는 차고 근처에 있는 야트막한 언덕 위로 올라가 새벽 먼지 속으로 사라지는 칼카치타를 바라보았다.

그로부터 두 시간 후, 오전 여덟 시쯤 길가에 나가 20번 번호판을 단 스쿨버스를 기다렸다. 잠시 뒤 스쿨버스가 도착하고 문이 열렸다. 아이들은 떠들고 소리를 지르느라 정신이 없었다. 나는 비어 있는 뒷자리에 가서 앉았다.

스쿨버스가 학교 앞에 다다르자 갑자기 무척 떨리기 시작했다. 차창 밖으로 남자아이들과 여자아이들이 모두 양팔로 책을 안고 다니는 게 보였다. 나는 텅 빈 두 손을 바지 주머니 속에 집어넣은 채 홀로 교장실로 걸어갔다.

"무슨 일로 왔니?"

교장실로 들어가자마자 낯선 목소리가 말을 걸었다. 순간 나는 얼음처럼 놀라 굳어 버렸다. 지난 몇 달 동안 처음 들은 영어였기 때문이다. 몇 초간 아무 말도 떠오르지 않았다. 낯선 목소리의 여자, 아니 교장 선생님은 내가 입을 열기만을 가만히 기다리고 있었다. 그 얼굴을 올려다보며 급한 대로 스페인어로 대답을 할까 싶었지만 꾹 참았다. 간신히 영어 단어들을 떠올리고 6학년에 등록하고 싶다고 더듬더듬 설명했다. 그 뒤로도 쏟아지는 많은 질문에 모두 답을 하고 난 뒤에야 나는 비로소 교실로 갈 수 있었다.

6학년 담임을 맡고 있던 레마 선생님은 나를 반갑게 맞아 주고 내 자리도 정해 주었다. 그런 뒤 반 아이들에게 내 소개도 해주었다. 모든 아이의 시선이 나에게로 쏠린 그 순간이 너무 긴장되고 무서웠다. 차라리 아빠, 형이랑 목화를 따러 갈 걸 하는 생각마저 들었다. 레마 선생님은 모든 아이의 출석을 부른 뒤 첫 번째 수업 시간에 해야 할 과제를 냈다.

"먼저 오늘 첫 수업에선 어제 읽기 시작한 이야기를 마저다 읽도록 해요."

레마 선생님은 말을 마치자마자 내 자리로 다가와 손에 영어책을 쥐어 주며 나더러 책을 읽어 보라고 했다.

"125쪽이야."

상냥한 목소리였다. 하지만 나는 그 목소리에 피가 거꾸로 흐르는 듯했고 어지러웠다.

"프란시스코, 읽어 볼래?"

선생님이 머뭇거리다가 다시 말했다.

나는 일단 125쪽을 폈다. 입안이 바짝바짝 말랐다. 두 눈에 눈물이 차올랐다. 입을 뗄 수가 없었다.

"괜찮아, 나중에 읽어도 돼."

레마 선생님은 이해한다는 듯 말했다.

쉬는 시간이 되자 나는 조용히 영어책을 들고 휴게실에 가서 125쪽을 펼쳤다. 그러곤 그곳이 교실이라고 상상하면서 작은 목소리로 읽어 보기 시작했다. 하지만 거기엔 내가 모르는 단어가 너무 많았다. 나는 책을 덮고 교실로 되돌아갔다.

레마 선생님은 의자에 앉아 채점을 하고 있었다. 선생님은 교실로 들어오는 나를 보더니 따뜻하게 미소를 지었다. 그 모습에 나는 움츠러들었던 마음이 좀 누그러졌다. 그래서 선생님 앞으로 다가가 모르는 영어 단어를 배울 수 있도록 도와줄 수 있는지 물었다.

"물론이지."

레마 선생님이 대답했다.

그날 이후 한 달 동안 나는 점심시간마다 영어 공부를 했다. 학교에서 나의 제일 친한 친구가 된 레마 선생님과 함께.

그러던 어느 금요일 점심시간에 레마 선생님이 별안간 내게 음악실에 함께 가자고 했다.

"너 음악 좋아하니?"

음악실에 들어서며 선생님이 물었다.

"네, 코리도스(멕시코 민요)를 특히 좋아해요."

나는 들떠서 대답했다. 그러자 선생님은 트럼펫을 들고 한 번 훅 불더니 내게 건넸다. 그 소리가 마치 거위가 꽥꽥거리는 것 같았다. 나는 그 소리가 익숙했다. 코리도스에서 아주 많이 들어 본 소리였다.

"트럼펫 연주하는 법 배워 보고 싶지 않니?"

선생님이 물었다. 내가 뭐라고 말하기도 전에, 선생님은 이미 내 표정을 읽고 이렇게 덧붙였다.

"그럼 이제부터 점심시간에 트럼펫 연주하는 법을 가르쳐 줄게."

그날 오후 수업 시간 내내 나는 안절부절못했다. 얼른 집에 가서 엄마와 아빠에게 이 엄청난 이야기를 들려주고 싶었다. 스쿨버스가 집 앞에 도착하자 동생들이 환호성을 지르며 내게 달려왔다. 동생들이 나를 보고 반갑고 좋아서 그러는 줄 알았다. 하지만 우리가 사는 차고 문을 연 순간 현실은 그게 아니란 걸 깨달았다. 내 눈앞에는 다시금 모든 살림살이가 종이 박스에 담겨 말끔하게 포장되어 있었다.

다음 날 새벽, 언제나처럼 아무런 작별 인사도 없이 우리
는 그곳을 떠났다.

게임의 규칙

그날은 학기가 끝나는 마지막 날이었다. 이제 여름방학이 시작된다. 그 사실이 나를 너무도 울적하게 했다. 마지막 등교일이 다가오고 있다는 걸 알면서도 그간 애써 생각하지 않으려고 했다. 그 생각만 하면 슬펐으니까. 하지만 반 아이들은 모두 여름방학이 시작되는 마지막 등교일이 즐거운 듯 보였다.

오후 수업 시간에 로건 선생님은 여름방학 동안 무엇을 할 것인지 자유롭게 발표해 보라고 했다. 아이들은 서로 말하려고 앞다퉈 손을 들었다. 어떤 아이들은 가족 여행을 갈 것이라고 했고, 또 어떤 아이들은 여름 캠프에 참가한다고 했다. 나는 책상 밑에 두 손을 숨기고 고개를 숙인 채, 아이들이 하는 말을 듣지 않으려고 애썼다. 잠시 후 아이들이 말하는 소리가 정말 들리지 않게 되었고, 교실 한편에서 울리는 희미한 목소리들만 들렸다.

그날 집으로 가는 스쿨버스 안에서 나는 셔츠 주머니에 든 수첩과 연필을 꺼내 다음 학기가 시작될 때까지 얼마나 남았는지 계산을 해보았다. 6월 중순부터 11월 첫째 주까지 무려 넉 달 하고도 보름이나 남아 있었다. 그동안 나는 두 달 보름은 산타마리아에서 딸기를 따야 하고, 남은 두 달은 프레즈노로 가서 포도와 목화를 따야 한다. 날짜를 헤아리다 보니 머리가 아파 오기 시작했다. 창밖을 보며 혼잣말로 중얼거렸다.

"132일 하고도 하루 더."

그게 내가 일해야 하는 날들이었다.

집에 돌아오자마자 아빠가 먹는 아스피린을 두 알 꺼내 먹고 누웠다. 그리고 막 눈을 감으려는데 옆집에 사는 카를로스의 목소리가 들렸다. 카를로스가 우리 집 앞에 서서 크게 외치고 있었다.

"프란시스코, 나와! 우리 지금 게임할 거야!"

그 아이가 말한 게임은 '깡통 차기'였다. 숙제가 없는 날이거나 주말이거나, 또는 농장에서 일을 하고 돌아와서도 많이 피곤하지 않은 날 나는 아이들과 깡통 차기를 했다. 게임 멤

버는 카를로스와 나, 그리고 내 남동생들인 트람피타, 토리토, 루벤이었다.

"빨리 와! 안 할 거야?"

카를로스가 재촉을 하며 고함을 내질렀다.

솔직히 게임은 재미있었지만 카를로스와 함께 노는 건 내키지가 않았다. 카를로스는 나보다 나이가 많았는데, 그걸 내게 툭하면 강조했다. 특히 내가 카를로스의 생각에 맞장구를 치지 않을 때 그랬다. 나와 내 동생들은 게임이 하고 싶으면 그 애가 정한 규칙에 따라야만 했다. 카를로스가 허락하지 않으면 아무도 함께 놀 수 없었다. 카를로스는 유난히 꽉 끼는 청바지를 입었고, 팔뚝의 근육을 잘 보이게 하려고 흰 티의 소매를 일부러 어깨까지 쫙 걷어 올리고 다녔다. 오른쪽 소매의 말린 부분에다가 담뱃갑을 끼워 넣고 다닌 적도 있었다.

"형아, 얼른 와! 모두 기다리고 있잖아."

이번엔 트람피타가 외쳤다. 결국 나는 집 밖으로 나갔다. 잠시라도 앞으로 일하며 보내야 할 133일을 잊고 싶기도 했다.

"자, 시작한다!"

카를로스가 내 오른쪽 어깨를 툭 치며 말했다.

"네가 술래야."

이번엔 루벤을 손가락으로 가리키며 말했다.

"트람피타 너는 여기 원을 그리고, 토리토 너는 저기 가서 깡통 가져와."

카를로스가 우리에게 척척 명령을 내리고 있는 사이, 내 눈에 마누엘리토가 쓰레기통 옆에 우두커니 서 있는 게 보였다. 우리가 게임을 할 때마다 마누엘리토는 항상 한구석에 서서 바라보기만 했다. 카를로스가 게임에 절대 끼워 주지 않아서였다.

"카를로스, 마누엘리토한테 술래 맡기자."

나는 마누엘리토 곁으로 가서 말했다.

"무슨 소리야."

카를로스가 짜증 난다는 듯 대답했다.

"전에도 말했잖아. 걔는 안 돼. 너무 느리단 말이야."

"그래도 끼워 줘."

나도 지지 않으려고 고집을 부렸다.

"절대 안 된다고!"

카를로스는 나와 마누엘리토를 노려보며 소리를 질렀다.

"프란시스코, 그냥 가서 놀아. 나는 여기서 구경하면 돼."

마누엘리토가 풀이 죽은 목소리로 내게 말했다.

결국 그 아이를 빼고 우리끼리 게임을 하게 되었다. 기분은 좋지 않았지만, 어쨌든 깡통 차기를 하는 동안에는 여름방학에 대한 문제를 잊을 수 있었다. 심지어 머리도 더 이상 아프지 않았다. 우리는 사방이 어둑어둑해질 때까지 계속 깡통 차기를 했다.

다음 날 이른 아침, 자명종 시계가 요란하게 울렸다. 창밖을 흘깃 보니 아직 캄캄했다. 나는 두 눈을 다시 감고 몇 분이라도 더 자보려고 했다. 하지만 형이 이불을 걷어차며 벌떡 일어났다.

"프란시스코, 일어나야지!"

형이 작업복으로 갈아입는 것을 보면서 나는 오늘부터 우리가 학교가 아닌, 일터로 가야 한다는 사실을 떠올렸다. 갑자기 어깨가 무겁게 느껴졌다.

농장으로 가는 길은 해변에서 몰려온 짙은 안개에 덮여 앞이 잘 보이지 않았다. 아빠는 칼카치타의 헤드라이트를 켜고 운전했다. 거대한 회색빛 안개는 매일 아침 구불구불한 해안 도로를 뒤덮었다. 드디어 차가 멈춰 선 곳에선 소작인인 이토 씨가 우리를 기다리고 있었다. 그리고 얼마 후 검정 픽업트럭 한 대가 나타났다. 그 픽업트럭은 안개 벽을 뚫고 와서 우리

차 가까이 다가왔다. 칼카치타 뒤에 트럭을 세운 운전사는 완벽한 스페인어로 트럭 뒤에 타고 있던 한 남자에게 내리라고 명령했다.

"저 사람은 누구예요?"

나는 운전사를 손으로 가리키며 아빠에게 물어보았다.

"손가락으로 가리키지 마. 그건 예의에 어긋나는 행동이야. 저 사람은 관리인인 디아즈 씨야. 시헤이 딸기 농장의 브라세로★ 노동자촌을 관리하고 있지. 저 사람이랑 같이 있는 남자가 그 브라세로 중 한 명이고."

소작인 이토 씨는 서투른 스페인어로 관리인 디아즈 씨가 데리고 온 가브리엘이라는 이름의 브라세로 남자를 우리에게 소개했다.

언뜻 보기에 그는 로베르토 형보다 몇 살은 더 나이가 많은 것 같았다. 언제나 누렇고 헐렁한 바지와 파란색 셔츠를 입었는데, 셔츠가 햇볕에 바래 희끄무레했다. 밀짚모자는 오른쪽으로 삐뚜름하게 쓰고 있었고, 길고 검은 구레나룻은 각진 턱 한가운데까지 길게 내려와 있었다. 얼굴 피부는 햇빛과 비바

★ 브라세로는 미국으로 단기 노동을 하러 온 멕시코인을 부르는 말입니다. 농사일이 매우 바쁜 시기인 농번기에만 미국에 와서 일할 수 있었습니다.

125

람에 까칠까칠했다. 그리고 발뒤꿈치에는 깊게 갈라진 굳은 살이 있었는데 그가 신고 있는 우라치(멕시코 전통 샌들) 밑창 만큼이나 새까맸다.

가브리엘 아저씨가 모자를 벗고 아빠와 형, 내게 악수를 청했다. 어쩐지 긴장한 듯 보였다. 그러나 우리가 스페인어로 인사하자 곧 안심하는 것 같았다.

관리인이 떠나자 우리는 농장 끄트머리로 걸어간 뒤 각자 밭고랑을 하나씩 골라 일을 시작했다. 가브리엘 아저씨는 아빠와 나 사이에 있는 밭고랑에서 일을 했다. 이토 씨는 처음이니까 잘 가르쳐 주라며 특별히 아빠에게 당부를 했다.

"간단해요, 가브리엘 씨. 중요한 건 딸기가 잘 익었는지, 흠집이 있는지, 썩었는지 확인하는 거예요. 허리를 굽히고 일하는 게 힘들면 그냥 쪼그리고 앉아서 하세요."

가브리엘 아저씨는 아빠가 하는 것을 보고 그대로 따라 하더니 금세 작업에 익숙해졌다.

시간이 지나 점심시간이 되자 아빠는 가브리엘 아저씨에게 우리 차에서 함께 점심을 먹자고 했다. 아빠와 형은 앞좌석에 앉고 가브리엘 아저씨는 뒷좌석 내 옆자리에 앉았다. 가브리엘 아저씨가 갈색 봉투에서 콜라 한 병과 샌드위치 세 개를 꺼냈다. 하나는 마요네즈를 바른 것이었고 다른 두 개는 잼을 바른 것이었다.

"아, 또! 관리인 디아즈 씨는 매일 똑같은 도시락만 준다니까요. 질려서 못 먹겠어요."

그가 봉투에서 꺼낸 음식들을 들고 투덜거렸다.

"이거 먹어도 돼요."

내가 타키토스*를 하나 내밀며 말했다.

"그럼 내 샌드위치랑 바꿀래?"

가브리엘 아저씨가 잼 샌드위치 하나를 내게 내밀며 물었다. 나는 얼른 아빠를 쳐다보았다. 아빠는 허락하는 말 대신 미소를 지어 보였다. 나는 얼른 잼 샌드위치를 받아들고 고맙다는 인사를 했다.

"가브리엘 씨는 가족이 있어요?"

아빠가 물었다.

"예, 무척 보고 싶어요. 특히 세 아이들이요."

"애들이 몇 살인데요?"

"제일 큰 애가 다섯 살이고 둘째가 세 살, 막내는 딸아이인데 두 살이에요."

★ 타키토스는 토르티아 위에 고기와 치즈를 올리고 길게 말아 튀기거나 구운 멕시코 전통 음식입니다.

이번에는 가브리엘이 아빠에게 물었다.

"판초 씨는 아이가 몇 명이나 있으세요?"

"저는 좀 많아요."

아빠는 하얀 이가 다 보일 만큼 헤벌쭉 웃었다.

"아들이 다섯이고 딸은 하나예요. 모두 함께 살고 있죠."

"정말 행복하시겠네요. 아이들을 매일 볼 수 있어서. 저는 벌써 몇 달째 가족을 못 만났거든요."

가브리엘 아저씨는 마치 떠오르는 대로 입 밖에 꺼내듯 계속 말을 이었다.

"가족과 떨어지고 싶지 않았지만 어쩔 수가 없었어요. 아시겠지만, 가장이니까 애들을 먹여 살려야 하잖아요. 먹을 거랑 필요한 거 사라고 다달이 몇 달러씩 생활비를 보내고 있거든요. 더 보내 주고 싶은데, 그게 참 쉽지가 않습니다. 관리인인 디아즈 씨한테 방값이랑 식비, 교통비 내고 나면 남는 게 별로 없어요."

이쯤에서 그는 화가 난 말투가 되었다.

"디아즈 씨는 완전히 사기꾼이에요. 가난한 브라세로 일꾼들을 착취한다니까요. 부끄러움이란 걸 모르는 인간이에요."

그 순간, 빵빵 하고 자동차 경적이 들렸다. 소작인인 이토 씨가 일할 시간이 되었다는 걸 알리는 신호였다. 점심시간

30분이 눈 깜짝할 사이에 지나가 버렸다.

　그날 저녁을 비롯해 그 후로도 며칠 동안 나는 일을 마치고 집으로 돌아오면 너무 피곤해서 나가 놀 기운이 없었다. 저녁밥을 먹고 나면 곧장 잠에 곯아떨어졌다. 하지만 날이 갈수록 딸기를 따는 일이 익숙해져서 나중에는 저녁에 다시 깡통 차기 게임을 하게 되었다. 하지만 게임의 규칙은 변함없이 똑같았다. 우리는 카를로스가 정하는 대로 움직였고, 마누엘리토는 여전히 게임에 낄 수가 없었다.

　일하는 것도 항상 똑같았다. 새벽 6시부터 저녁 6시가 될 때까지 딸기를 땄다. 기나긴 하루였지만, 그래도 가브리엘 아저씨를 만나 함께 점심을 먹는 시간만큼은 매일 기다려질 만큼 즐거웠다. 아저씨가 아는 옛날이야기나 멕시코에 대한 것들을 듣는 게 재미있었다. 아빠가 멕시코의 할리스코 출신인 것을 자랑스러워하는 것처럼 가브리엘 아저씨 역시 멕시코의 모렐로스 출신이라는 것에 자부심을 느끼고 있었다.

　그러던 어느 일요일, 딸기 수확 철이 거의 끝날 즈음이었다. 아침 일찍 이토 씨가 집으로 찾아왔다. 소작인 하나가 아파서 일을 못 하게 되어 일손이 부족하니, 나를 그쪽 일터로 보내겠다는 것이었다. 아픈 소작인의 농장은 이토 씨의 농장 바로 옆이었다. 그곳에 가보니 가브리엘 아저씨도 나처럼 아픈 소작인 대신 임시로 일하러 와 있었다. 내가 도착하기가 무섭게 관리인 디아즈 씨가 명령을 내리기 시작했다.

"잘 들어, 꼬맹아. 넌 잡초를 파내기 위해 괭이질을 해야 하거든. 근데 그전에 먼저 나와 가브리엘이 하는 일을 거들어."

그의 지시대로 나는 가브리엘 아저씨와 함께 트럭 화물칸으로 올라가 쟁기를 내렸다. 그러자 디아즈 씨는 굵은 밧줄 한쪽 끝을 쟁기에 묶더니 다른 한쪽 끝을 가브리엘 아저씨에게 던지며 말했다.

"자, 이걸 허리에 묶어. 그리고 밭을 갈아."

가브리엘 아저씨의 얼굴이 잔뜩 일그러졌다.

"그렇게는 못 해요."

"못 하다니 그게 무슨 말이야?"

디아즈 씨가 두 손을 허리춤에 척 올리며 거칠게 말했다.

"우리 나라에서는 소가 쟁기를 끌지, 사람은 쟁기를 끌지 않아요."

가브리엘 아저씨가 삐뚜름하게 쓰고 있던 모자를 제대로 고쳐 쓰며 이어 말했다.

"저는 짐승이 아닙니다."

이 말은 들은 디아즈 씨는 가브리엘 아저씨에게 성큼성큼 다가가더니 얼굴에 바짝 대고 고함을 질렀다.

"흥, 여기는 네 나라가 아니야, 이 멍청아! 관리인인 내가 시키는 대로 해. 그렇지 않으면 넌 해고야!"

"제발 그러지 마십쇼. 제겐 먹여 살려야 할 가족이 있어요."

"네 가족 따위 알 게 뭐야."

디아즈 씨는 가브리엘 아저씨의 멱살을 잡더니 뒤로 확 밀쳤다. 순간 중심을 잃고 가브리엘 아저씨가 나자빠졌다. 땅바닥에 쓰러진 아저씨의 옆구리를 향해 디아즈 씨가 냅다 발길질을 하기 시작했다. 그러자 눈 깜짝할 사이에 가브리엘 아저씨가 벌떡 일어나, 두 주먹을 불끈 쥐고, 디아즈 씨를 향해 달려들었다. 놀란 디아즈 씨가 새파랗게 질려서 얼른 뒤로 물러났다.

"어리석은 짓 하지 마…… 네 가족이……."

그는 더듬거리며 말했다. 그 말에 가브리엘 아저씨가 주춤거렸다. 하지만 아저씨의 얼굴에는 여전히 분노가 가득했다. 관리인 디아즈 씨는 겁에 질려 가브리엘 아저씨에게서 눈을 떼지 못한 채, 슬슬 뒷걸음질 치다가 잽싸게 트럭에 올라탔다. 그러곤 저 멀리 흙먼지 구름을 일으키며 도망쳤다.

나는 너무 무서웠다. 그때까지 어른들이 싸우는 모습을 한 번도 본 적이 없었다. 입술이 바싹 마르고 두 손과 다리가 덜덜 떨려 왔다. 가브리엘 아저씨는 모자를 땅바닥에 내동댕이

치며 울분을 토했다.

"비겁한 자식! 농장 주인 대신 브라세로 노동자촌을 관리한다고 자기가 아주 대단한 사람인 줄 알지. 천만에, 저 자식은 그냥 거머리 같은 인간이야. 이제는 나를 짐승 취급까지 하다니, 도저히 참을 수 없어!"

가브리엘 아저씨는 바닥의 모자를 다시 집어 머리에 쓰며 말했다.

"그래, 내 돈을 뺏을 순 있겠지. 마음대로 날 해고할 수도 있을 거고. 하지만 내게 옳지 않은 일은 강제로 시킬 수는 없어. 내 자존감을 짓밟을 순 없는 거라고. 절대 그렇게는 못 해."

그날 가브리엘 아저씨와 함께 잡초를 뽑는 내내, 아침에 일어난 일이 머릿속에서 떠나지 않았다. 생각하면 할수록 화가 나고 슬펐다. 가브리엘 아저씨는 잡초가 있는 곳에 거칠게 괭이질을 하며 계속 욕을 했다.

이윽고 저녁, 일을 마치고 집에 돌아온 나는 왠지 초조하고 들뜬 기분이었다. 그날도 깡통 차기를 하려고 집 밖으로 나갔다. 어김없이 카를로스가 크게 소리쳤다.

"빨리 와, 애들아. 놀자!"

카를로스는 오른발을 깡통 위에 척 올리고 우리가 모이길 기다리고 있었다. 나는 쓰레기통에 기대어 앉아 있는 마누엘리토에게 잰걸음으로 다가갔다.

"카를로스가 한 말 들었지? 같이 놀자."

나는 카를로스가 내 말을 들을 수 있도록 일부러 큰 소리로 말했다.

"그건 나한테 한 말이 아니야."

마누엘리토가 느릿느릿 일어나며 내게 대답했다.

"아니야. 너한테도 말한 거야."

나는 단호했다.

"카를로스, 그게 정말이야?"

마누엘리토가 쭈뼛거리며 카를로스를 향해 물었다.

"아니! 넌 오지 마!"

카를로스가 소리쳤다. 마누엘리토는 실망한 얼굴로 호주머니에 두 손을 집어넣고 천천히 돌아섰다.

"마누엘리토가 놀지 못하면, 나도 안 놀아."

순간 나도 모르게 내질러 버렸다. 그 말을 뱉자마자 심장이 콩닥거리고 다리가 후들거렸다. 카를로스가 내 앞으로 곧장 다가왔다. 눈이 이글이글 불탔다.

"마누엘리토는 같이 놀 수 없어!"

꽥 소리를 지른 카를로스는 오른발로 내 발을 걸면서 나를 뒤로 훅 밀어 버렸다. 나는 발랑 자빠졌다. 동생들이 놀라서 우르르 몰려와 내 손을 잡고 일으켜 세워 주었다.

"넌 나를 밀칠 순 있어도, 억지로 놀게 할 순 없어!"

나도 되받아 소리를 쳤다. 그리고 옷에 묻은 흙먼지를 탁탁 털며 뒤돌아 가버렸다. 트람피타와 토리토, 루벤 그리고 마누엘리토까지 판잣집 앞으로 나를 따라왔다.

카를로스 혼자 덩그러니 바닥에 그려 놓은 원 안에 서서, 한동안 깡통을 멍하니 쳐다보다가 우리를 힐끗 쳐다보았다. 몇 분 뒤 카를로스가 고개를 삐딱하게 꺾고 땅에 침을 퉤 뱉더니 우리를 향해 으스대며 걸어왔다.

"알았어, 마누엘리토도 끼워 주지."

그 말에 마누엘리토와 동생들은 기쁨의 함성을 지르며 메뚜기처럼 팔짝팔짝 뛰었다. 나도 물론 기뻤지만 아무렇지 않은 척했다. 내가 행복해하는 모습을 카를로스에게 보여 주고 싶지 않았다.

다음 날 아침이었다. 우리는 이토 씨에게 슬픈 소식을 전해 들었다. 관리인 다이즈 씨가 가브리엘 아저씨를 정말로 해고하고 멕시코로 쫓아낸 것이다. 그 이야기를 듣는 순간 누군

가에게 얻어맞은 것처럼 가슴이 아팠다. 온종일 일에 집중이
되지 않았다. 이따금 아무것도 하지 않고 멍하게 앉아 있다가
정신이 들기도 했다. 아빠가 딸기를 두 상자 따는 동안 나는
한 상자를 겨우 땄다. 첫 번째 밭고랑을 마친 아빠는 두 번째
밭고랑으로 옮겨 와 결국 나를 따라잡았다.

"무슨 일 있니, 프란시스코? 오늘 손이 너무 느린데. 좀 더
속도를 내야 해."

아빠가 내 얼굴을 살폈다.

"가브리엘 아저씨가 자꾸 생각나요."

나는 머뭇거리다가 대답했다.

"디아즈 씨가 분명히 잘못한 거란다. 언젠가는 자신의 죗값
을 치를 날이 올 거야. 이번 생이 아니면 다음 생에서라도 반
드시."

"가브리엘 아저씨는 잘못이 없어요. 해야 할 일을 한 것뿐
이에요."

아빠는 아무 말 없이 가만히 내 손에 딸기를 가득 쥐어 주
고는 내 밭고랑 앞쪽으로 가서 딸기를 따기 시작했다. 아빠
덕분에 기나긴 그날의 일을 겨우 끝마칠 수 있었다.

일을 마치고 집에 돌아왔지만 깡통 차기를 할 기분이 아니
었다. 혼자 있고 싶었다. 하지만 동생들이 가만히 내버려두지

않았다. 계속해서 쫓아다니며 놀자고 조르기 시작했다. 결국 마누엘리토까지 와서 조르는 바람에 나는 항복하고 말았다.

"제발, 한 판만 하자."

"알았어. 딱 한 판만이야."

술래를 정하기 위해 제비를 뽑았다. 카를로스가 술래가 되었다. 그가 눈을 감고 수를 20까지 세는 동안 우리는 여기저기 뛰어다니며 숨었다. 나는 창고 옆에 있는 목련 나무 뒤에 숨었다. 그러나 카를로스가 너무 쉽게 찾아냈다.

"프란시스코, 찾았다!"

우리는 동시에 깡통을 향해 달렸다. 있는 힘껏 내달려 먼저 깡통 앞에 닿은 나는 온 힘을 다해 깡통을 차버렸다. 깡통은 허공을 가르며 날아가 쓰레기통에 처박혔다. 그 뒤로 나는 다시는 깡통 차기를 하지 않았다.

갖고 있지 않아도 간직할 수 있어

늘 그랬듯이 산타마리아의 딸기 수확 철이 끝나자 아빠는 짐을 챙겨 떠날 준비를 했다. 이번에는 포도 수확을 하기 위해 캘리포니아의 샌와킨 밸리로 갈 예정이었다. 올해 여름 내내 우리 가족은 작년과 마찬가지로 일본인 이토 씨의 딸기 농장에서 일했다. 그러나 가을에는 작년처럼 설리번 씨의 포도밭이 있는 프레즈노로 가지 않기로 했다. 아빠는 가족들이 설리번 씨의 낡은 창고에서 지내는 것을 썩 내켜 하지 않았다. 그래서 프레즈노에서 남동쪽으로 몇 킬로미터 떨어진 오로시로 가기로 했다. 아빠가 어디선가 듣기를, 파트리니라는 이름의 그곳 포도 농장 주인이 일꾼들을 위해 안락한 집을 지었다고 했다.

  그때는 9월로 새 학기가 시작되는 주였다. 우리 가족은 짐을 꾸려 산타마리아를 떠날 채비를 마쳤다. 아빠는 운전을 했다. 엄마와 형은 앞좌석에 탔다. 나는 트람피타, 토리토, 루벤과 함께 뒷좌석에 바짝 붙어 앉았다. 막내 여동생 로라는 엄마의 무릎 위에서 곤히 자고 있었다. 좁디좁은 차 안에는 무거운 침묵만이 가득했다. 밖에 지나가는 차 소리와 칼카치타의 모터가 윙윙대는 소리만이 들릴 뿐이었다.

  이윽고 학교가 있는 중심가에 칼카치타가 들어섰다. 나는 얼른 손을 앞좌석 아래에 뻗어 동전함을 꺼냈다. 그동안 소중하게 수집한 동전들을 모아 둔 작고 하얀 종이박스였다. 그런 다음 파란색 수첩을 찾으려고 호주머니를 더듬거렸다. 다행히 수첩은 호주머니 속에 있었다. 수첩을 꺼내 동전함 위에 올려놓고 두 손으로 그 둘을 꼭 쥐었다. 그제야 차창 밖을 응시할 수 있었다. 나는 내내 오로시는 어떤 곳일까 상상했다.

  그렇게 한참을 달리다가 나는 다시 수첩을 호주머니 속에 집어넣고 동전함 뚜껑을 열었다. 그리고 내가 모은 동전들을 가만히 살펴보았다. 나는 동전들을 내 나름대로 두 분류로 나누어 놓았다. 그리고 사이에 목화솜을 넣어서 위 칸, 아래 칸이 뒤섞이지 않게 해두었다. 위 칸에는 제일 좋아하는 동전

2개가 있었다. 1910년에 발행된 링컨 대통령의 얼굴이 새겨진 동전과 1865년에 발행된 인디언 추장의 얼굴이 새겨진 동전이었다.

1910년 링컨 대통령 동전은 원래 아빠 것이었는데 아빠가 내게 선물로 주었다. 그때 우리는 캘리포니아에 있는 작은 도시 델러노에 살고 있었다. 아빠는 매일 저녁 포도 농장에서 일을 마치고 돌아오면 그날그날 번 돈을 조그만 양철 박스 안에 넣어 두었다. 어느 일요일 저녁, 아빠는 모은 돈을 세기 위해 식탁 위에다 양철 박스를 뒤집어 안에 든 것들을 쏟아부었다. 그때 내 발 앞으로 동전 하나가 또르르 굴러떨어졌다. 나는 허리를 숙여 동전을 주운 뒤 아빠에게 내밀었다.

"프란시스코, 이 동전이 몇 살이나 됐는지 아니?"

아빠가 동전을 받아 들고 물었다.

"잘 모르겠어요."

"이 동전은 아빠가 태어나던 1910년에 만들어진 거란다."

아빠는 자랑스럽다는 듯 동전을 눈앞에 들고 빙글 돌렸다.

"그럼 아주 오래된 동전이네요!"

화로 앞에서 저녁밥을 짓던 엄마가 호호 웃으며 말했다. 아빠는 엄마를 획 돌아보더니 너털웃음을 터트리며 대꾸했다.

"그래 봐야 내가 당신보다 딱 두 살 더 많은 거거든?"

동전을 꼭 쥔 채 잠시 생각에 빠진 아빠가 말을 이었다.

"그해에 혁명이 일어났지."

"무슨 혁명이요?"

"멕시코 혁명."

아빠는 생각을 떨쳐 내듯 설명을 덧붙였다.

"아빠도 아주 자세히는 몰라. 학교를 다니지 않았으니까. 내가 아는 건 멕시코 민요인 코리도스를 통해 배운 것과 네 할머니한테 들은 것들이지. 할머니가 말씀하시길, 그 당시에는 돈 많은 농장 주인들이 농민들을 노예처럼 부려 먹었다고 하더구나."

"그럼 할아버지도 혁명에 참여해 싸웠어요?"

"아니, 프란시스코. 할아버지는 아빠가 태어난 지 여섯 달 만에 돌아가셨어. 하지만 평소에 혁명을 찬성하셨다지. 그때는 가난한 사람들 모두 세상이 바뀌기를 바라고 있었으니까. 혁명이 일어나자 부자들이 돈과 보석을 땅에다 묻어서 감췄다는 이야기도 들었지. 그리고 그때 사라진 수많은 보물을 아무도 찾지 못했다는 거야. 하지만 보물들이 묻혀 있는 곳은 땅밑에서 노랗고 빨간 불꽃이 번쩍인다거나, 밤이 되면 멀리서도 불타오르는 것처럼 보인다고 말하는 사람들이 있었지."

잠시 말을 멈춘 아빠의 눈이 보석처럼 반짝였다.

"그게 정말 진짜인지는 모르겠지만, 한때 그런 소문이 자자했지."

그때 아빠가 다가오더니 내 오른손에 1910년 링컨 대통령 동전을 쥐어 주었다.

"이건 선물이야. 이제 아빠가 태어난 해는 절대 잊지 않겠지. 그리고 앞으로 동전을 계속 모은다면, 언젠가 너만의 보물들이 생길 거란다."

나는 흥분해서 아빠에게 감사하다는 인사를 하는 것도 까먹을 뻔했다. 아빠가 준 동전을 가까이에서 찬찬히 살펴보았다. 1910이라는 숫자가 새겨져 있었다. 그때부터 동전을 모으기 시작했다. 오래된 것일수록 더욱 소중하게 여겼다.

어느새 우리는 샌루이스 오비스포에 있는 비탈길을 지나고 있었다. 나는 1910년 링컨 대통령 동전을 동전함에 집어넣고 이번에는 1865년 인디언 추장 동전을 꺼냈다. 코코란에서 5학년 수업을 들을 때 친구였던 칼이 준 것이었다. 칼과 나는 학교에서 아주 친하게 지냈다. 그러다 우리 둘 다 동전 수집이 취미라는 것을 알고 난 뒤에는 단짝 친구가 되었다. 쉬는 시간에 아이들과 공놀이를 할 때면 서로 같은 팀이 되려고 했고, 점심도 언제나 함께 먹을 정도였다.

그러던 어느 금요일, 칼이 자기가 모은 동전들을 보여 주겠다며 학교가 끝나면 자기 집에 같이 가자고 했다. 수업 종이 울리기가 무섭게 우리는 신나서 전속력으로 뛰었다. 칼의 집은 학교에서 고작 몇 백 미터 거리밖에 되지 않아 쏜살같이 도착할 수 있었다.

문을 열고 집 안에 들어선 순간, 눈 앞에 펼쳐진 모습에 나는 말문이 막혔다. 그러고 보니 그전까지 단 한 번도 '집' 안에 들어가 본 적이 없었다. 발밑의 러그가 얼마나 폭신한지 마치 목화솜으로 가득한 자루를 밟고 서 있는 기분이었다. 거실 안은 굉장히 따뜻한 데다가 우리 가족이 사는 오두막만 했다. 거기에 조명이 부드럽고 은은하게 집 안을 감싸고 있었다. 칼이 멀뚱히 서 있는 나를 자기 방으로 이끌었다. 칼에게는 자기 혼자만 쓰는 침대와 책상이 있었다. 옷으로 절반쯤 가득찬 옷장에서 칼이 손바닥만 한 종이 상자와 파란색 스크랩북을 몇 개 꺼내 왔다.

"여기에 내가 그동안 모은 동전들이 들어 있어."

칼이 스크랩북 하나를 펼쳤다. 내 눈과 손은 가장 오래된 동전으로 향했다.

"그건 1860년에 발행된 건데 인디언 추장이 새겨져 있어."

"와, 나는 동전에는 다 링컨 대통령이 있는 줄 알았어."

나는 놀라움을 감추지 못했다.

"아니야, 그럴 리가!"

칼은 종이 상자를 열어 그 안에 든 동전들도 보여 주었다.

"봐, 나 되게 많이 갖고 있잖아."

"그렇네. 그럼 내 링컨 동전이랑 이 인디언 동전을 바꾸지 않을래?"

칼이 잠시 고민을 하는 듯하더니 뜻밖에도 이렇게 말했다.

"아니야. 그냥 너한테 줄게. 마음에 드는 거로 골라 봐."

"정말? 고마워."

나는 신이 났다. 얼른 칼이 내민 종이 상자 안을 뒤적이다 마침내 1865년에 발행된 인디언 추장 동전을 집었다. 거기서 내가 본 동전 중에 가장 오래된 것이었다.

동전 구경을 다 마치고 우리는 다시 학교 앞으로 걸어갔다. 스쿨버스를 타고 집으로 돌아가야 하는 나를 위해 칼이 배웅을 해주었다. 그런데 칼이 불쑥 말했다.

"그럼 난 언제 너희 집으로 동전을 보러 갈까?"

칼의 질문에 나는 당황해 얼굴이 빨개졌다. 칼이 우리 집에도 오고 싶어 할 줄은 상상도 하지 못했다. 더구나 그 애가 사는 좋은 집을 보고 난 후라 내가 사는 초라한 곳은 보여 주고 싶지가 않았다.

"저기…… 언제가 좋을까?"

내가 아무런 말도 하지 않자 칼은 조금 머뭇거리다 다시 물었다. 어떻게 거절해야 좋을지 잠시 생각하던 나는 드디어 입을 열었다.

"나는 멀리 살아. 그러니까 내 동전들을 학교로 가져올게. 별로 많지 않거든. 링컨 대통령 얼굴이 새겨진 동전 몇 개밖에 없어."

"그래 좋아. 어디서든 보기만 하면 되지."

그렇게 말하며 칼이 환히 웃었다. 그렇지만 끝내 나는 칼에게 내가 모은 동전들을 보여 주지 못했다. 그날 금요일이 저물고 바로 이어진 주말에, 우리 가족은 짐을 싸서 파이브 포인츠로 떠났다. 칼을 만난 것도 그날 스쿨버스 정류장이 마지막이 되었다.

옛 생각에서 빠져나와 1865년 인디언 추장 동전을 도로 동전함에 넣었다. 그리고 뚜껑을 꾹 닫았다. 어디까지 왔을까.

아빠와 엄마의 어깨 사이 틈으로 앞 유리 너머에 뭐가 있는지 뚫어지게 보았다. 오로시라고 적힌 이정표는 아직 보이지 않았다.

"아빠, 오로시가 무슨 뜻이에요?"

"글쎄다. 뜻은 모르겠지만 왠지 우리가 거길 좋아하게 될 것 같은 느낌이야."

나는 수첩을 다시 호주머니에서 꺼내 빈 페이지를 펼치고 글자를 따로따로 써보았다.

오로

시

아빠는 스페인어로는 오로가 '황금'을 뜻하고, 시에는 '어쩌면'과 '맞아, 정말'이라는 두 가지 뜻이 있다고 했다. 그 말을 듣고 나는 오로시에서 시는 '맞아, 정말'을 의미할 거라고 추측했다. '황금이 맞아, 정말 황금이야'라는 뜻의 오로시.

나는 수첩을 덮고 손바닥 안에 꼭 감싸 쥐었다. 산타마리아의 쓰레기 매립장에서 찾아냈을 때만 해도 거의 새것이나 다름없었다. 하지만 지금은 보드랍던 파란색 겉표지는 바랬고 가장자리는 너덜너덜해졌다. 손가락으로 낡은 수첩을 매만지며 처음 이 수첩의 첫 장을 펼치던 순간을 떠올렸다.

산타마리아에서 6학년에 다닐 때 나의 담임 선생님은 마틴 선생님이었다. 그때는 1월의 끝자락이었고 우리 가족은 막 프레즈노에서 돌아온 참이었다. 2개월 전인 11월에 프레즈노에서 레마 선생님이 가르치던 6학년 수업을 들은 적이 있지만 그런 건 아무도 신경 쓰지 않았다. 마틴 선생님은 영어 수업을 가장 좋아했다. 하필 내가 제일 못하는 것도 영어였다. 매일매일 마틴 선생님은 영어 단어를 칠판에 써놓고 누가 누가 가장 빨리 사전에서 단어를 찾아내는지 시켰다. 영어 단어를 가장 빨리 찾은 아이는 1점을 얻었고, 매주 금요일이면 일주일 동안 가장 많은 점수를 딴 아이에게 황금별 스티커를 주었다. 나는 황금별 스티커도, 점수도 받아 본 적이 없었다. 칠판에 적힌 영어 단어를 보고 또 보며 사전을 뒤지는 데 한참 걸렸고, 찾은 뒤에도 거기에 적힌 여러 의미를 이해하지 못했다. 그래서 수첩에 영어 단어들과 그 뜻을 옮겨 쓰고 외워야겠다는 생각을 했다.

그해 내내 나는 영어 단어를 수첩에 쓰고 외웠다. 마틴 선생님의 수업을 더 이상 듣지 않게 된 후에도 수첩에 새로운 영어 단어를 적고 외우기를 멈추지 않았다. 그 밖에도 학교 수업을 따라가기 위해 알아야 하는 것들과 외워야 하는 것들, 예를 들어 어려운 용어, 수학 공식, 문법 같은 것들도 적었다. 그리고 농장에서 일하는 동안에도 이 수첩을 셔츠 주머니에 넣어 다니면서 틈날 때마다 꺼내 들여다보았다. 어딜 가든 나는 나만의 이 작은 도서관을 항상 품에서 떨어뜨리지 않았다.

🚐 :3:3

다섯 시간 정도 차를 타고 달린 끝에 우리 가족은 오로시에 도착했다. 파트리니 씨의 농장에서 우리가 머물 곳은 오래된 노란색 2층 통나무집이었다. 오로시 시내에서는 약 24킬로미터 떨어져 있었다. 농장 주인인 파트리니 씨는 이 통나무집이 무려 70년이나 된 거라고 알려 주었다. 낡은 마룻바닥이 요란스레 삐걱거려서 2층은 사용하기 어려웠다. 1층에는 방이 두 칸, 부엌이 하나 있었다. 그리고 통나무집 뒤편으로는 커다란 헛간이 있었고 포도 농장이 수백 미터 멀리까지 펼쳐져 있었다.

하도 이사를 하다 보니 이제는 짐을 옮기고 푸는 일이 익숙해 정리가 금방 끝났다. 아빠와 엄마는 막내 여동생 로라를 데리고 한 방을 쓰고, 로베르토 형과 트람피타, 토리토, 루벤, 나까지 형제들 다섯 명은 남은 방을 함께 쓰기로 했다. 다 같이 얼마 안 되는 짐들을 방으로 대충 옮겨 놓고, 나는 마룻바닥에 주저앉아 동전들을 살폈다. 매트리스 밑에 동전함을 넣어 두기 전에 그 안의 동전들이 서로 섞이진 않았는지 확실히

봐두고 싶었다. 그때 로라가 내 앞에 와서 섰다.

"오빠, 나 하나만 주면 안 돼?"

"뭐?"

뜬금없는 소리에 나는 로라를 쳐다보았다.

"이거 동전."

로라의 손가락이 동전들을 가리켰다.

"이건 안 돼. 오빠한테 아주 특별한 거거든."

로라는 얼굴을 찡그리더니 일부러 조그만 두 발을 쿵쾅거리며 방을 나가 버렸다.

그날 저녁 잠자리에 들기 전, 나는 다시 한번 동전들이 잘 들어 있는지 확인했다. 그러고 나서 셔츠를 벗어 벽에 박힌 못에 살포시 걸었다. 셔츠 주머니에서 수첩이 빠질까 봐 조심스러웠다. 이윽고 저녁기도를 마치고 우리는 모두 침대 속으로 기어들어 갔다. 나는 잠이 잘 오지 않았다.

'우리가 집 안에서 자고 있다니 믿어지지 않아.'

이런 생각이 자꾸만 들었다.

남동생들도 무척 들떠 있는 듯했다. 이불 속에서 서로 속닥대며 키득거리기 시작했다. 형이 몇 번이나 조용히 하라고 했지만 소용이 없었다. 그러자 형이 다른 방법을 썼다.

"쉿! 들어 봐."

형의 목소리가 방 안에서 낮고 크게 울렸다.

"형이 방금 위층에서 귀신 울음소리를 들었어."

그러자 트람피타가 놀라 작게 말했다.

"난 아무것도 안 들렸는데. 형아 지금 우리 겁주려고 그러는 거지?"

"아니야, 거짓말 아냐. 조용히 있으면 너희도 들릴 거야."

사방이 쥐죽은 듯 조용해졌다. 동생들은 금방 잠에 빠져들었고 그날 밤 우리의 새집은 내내 고요했다.

다음 날 동이 트기도 전에 아빠, 형, 나, 그리고 트람피타는 파트리니 씨 농장으로 포도를 따러 갔다. 엄마는 어린 동생들을 돌보기 위해 집에 남았다. 나는 그날도 파란색 수첩을 챙겨 나갔다. 밭일을 하는 짬짬이 문법을 공부하고 싶었다. 하지만 그럴 짬은 나질 않았다. 아침부터 내리쬐는 땡볕이 허락하질 않았다. 오전 10시에 이미 셔츠가 온통 땀에 젖을 지경이었다. 하는 수 없이 땀에 젖은 손을 바지에 문질러 닦고 셔츠 주머니에서 수첩을 꺼내 칼카치타로 가서 그 안에 두고 다시 밭으로 돌아갔다. 혹시라도 수첩까지 땀에 젖어 더러워지거나 찢어지기라도 할까 봐 걱정이 되어서였다.

하루의 일이 모두 끝날 즈음이 되자, 온몸이 포도농장에서 날아온 흙먼지로 뒤덮여 있었다. 두 팔과 다리는 진흙으로 빚은 것처럼 보일 정도였다. 나는 포도를 딸 때 쓰던 갈고리 모양 칼로 내 몸에 달라붙은 진흙 코트를 벅벅 긁어 냈다.

해가 지고 우리가 집에 도착하자 엄마는 로라를 데리고 시내의 상점으로 장을 보러 나갔다. 그사이 아빠와 형, 트람피타, 나는 속옷까지 홀딱 벗고 집 뒤에 있는 큰 빗물 통 안에서 목욕을 했다. 목욕을 마치고 옷을 입은 뒤 나는 깨끗한 셔츠 주머니 안에 수첩을 다시 집어넣었다.

엄마가 시장에서 장을 보고 돌아오자 나는 엄마가 채소 다듬는 걸 옆에서 도왔다.

"엄마, 혹시 거스름돈으로 동전 받았어요?"

엄마는 지갑을 열어 보더니 동전 하나를 꺼내 주었다. 1939년에 발행된 것이었다.

"이거 제가 가져도 돼요?"

"당연하지, 프란시스코."

엄마는 보드라운 목소리로 대답했다.

나는 동전함에 얼른 넣어 두려고 우리 방으로 총총 뛰어갔다. 매트리스 아래 넣어 둔 동전함을 꺼내 뚜껑을 열었다. 그런데 하얀 목화솜만 깔린 채 위 칸이 텅 비어 있었다.

'어? 분명 있었는데.'

나는 재빨리 목화솜을 걷어 내고 아래 칸을 확인했다. 역시 아무것도 없었다. 나의 1910년 링컨 대통령 동전, 1865년 인디언 추장 동전이 몽땅 사라졌다! 방을 박차고 나가 소리를 질렀다.

"내 동전! 누가 가져갔어!"

부엌 안으로 들어선 순간 로라가 후다닥 뛰어 엄마의 뒤로 숨는 것이 보였다. 엄마는 화로 앞에서 저녁밥을 짓다 말고 서 있었다.

"네가 내 동전들 가져갔어?"

나는 로라에게 소리를 꽥 질렀다.

"다시 가져와!"

두 팔로 엄마의 다리를 붙잡고 매달려 있던 로라가 오른손을 뻗어 빨간 풍선껌 두 개를 내밀었다.

"누가 껌 달라고 그랬어? 내 동전 내놓으란 말이야."

나는 거의 울먹이며 소리쳤다. 로라는 풍선껌을 바닥에 떨구고는 훌쩍거리기 시작했다.

"진정해, 프란시스코."

엄마가 먼저 나를 달래고 로라를 내려다보며 말했다.

"로라야, 오빠 동전 정말 가져갔니?"

로라는 잔뜩 움츠러든 채 고개를 끄덕였다.

"동전들 가져다가 어떻게 했는데?"

엄마가 계속 어르듯 물었다. 로라는 쭈뼛대며 마룻바닥 위로 또르르 굴러간 풍선껌들을 손가락으로 가리켰다.

"오빠 동전들을 상점에 있는 껌 자판기에 넣은 거야?"

로라가 다시 고개를 끄덕였다. 그 순간 나는 심장이 바닥으로 쿵 내려앉는 것만 같았다. 얼굴이 시뻘겋게 달아오르는 게 느껴졌다. 눈물이 차올라 눈앞이 온통 흐려졌다. 나는 그대로 집을 뛰쳐나가 문을 쾅 닫고 계단에 주저앉아 통곡했다.

잠시 뒤, 엄마가 밖으로 나와 내 곁에 앉았다.

"얼마나 속상할지 알아, 프란시스코. 그래도 로라는 이제 겨우 네 살이잖니."

엄마의 목소리가 사뭇 보드라웠다. 엄마는 잠시 목을 가다듬더니 다시 말을 이었다.

"엄마가 어렸을 때 할머니한테 들은 이야기 하나 들려줄까? 먼 옛날에 아주 똑똑한 개미가 살았대. 개미는 오랫동안 동전을 모아서 부자가 되었어. 많은 동물이 그 개미랑 결혼하고 싶어 했지만 정작 개미는 그 동물들을 모두 무서워했어. 고양이는 너무 사납게 울고, 앵무새는 너무 말이 많고, 개는 너무 큰 소리로 짖었거든. 황소랑 염소도 개미를 깜짝깜짝 놀라게 했지. 그런데 작은 갈색 생쥐만은 그렇지 않았던 거야. 생쥐는 점잖고, 지적이며, 공손한 데다, 예의도 발랐거든. 개미와 생쥐는 결혼해서 오래오래 행복하게 살았단다. 그런데 어느 날 개미가 솥단지에 콩을 넣고 요리를 하고 있었는데 그만 발을 헛디뎌 솥단지 안에 빠져 죽고 말았어. 생쥐는 많은 동전을 유산으로 받았지만 기쁘지 않았어. 너무나도 슬프고 외로웠으니까.

프란시스코, 너도 그게 어떤 마음일지 잘 알 거야. 동생들이 동전들보다 더 소중하잖니. 그러니 로라를 너무 미워하지 않았으면 좋겠어."

엄마의 이야기를 들으며 나는 마음이 조금 누그러졌다. 그렇지만 화가 단번에 풀리진 않았다. 심호흡을 크게 내뱉은 뒤 뒷문을 통해 내 방으로 들어갔다. 셔츠 주머니에서 수첩을 꺼내 매트리스 끝에 걸터앉았다. 그러고는 그동안 모은 동전들을 쭉 적어 둔 페이지를 펼쳐, 떨리는 손으로 1910년 링컨 대통령 동전과 1865년 인디언 추장 동전을 지워 버렸다.

다음 날 아침이었다. 나는 일하러 가기 전에 엄마에게 부탁해 수첩을 기름종이로 감쌌다. 어제처럼 땀이 묻어도 지저분해지지 않도록 하기 위해서였다. 그리고 그날 외울 영어 단어들을 표시해 두었다. 그날 포도를 따면서 틈이 날 때마다 수첩을 꺼내 단어를 속으로 외우며 공부했다. 그러면 시간이 좀 더 빨리 지나가는 것 같았다.

일을 마치고 집으로 가는 길에 화로에 쓸 기름을 사러 주유소에 들렀다. 주유소 종업원이 통에 20리터 가득 기름을 채운 뒤 칼카치타 트렁크에 실어 주었다. 집에 도착하자 아빠는 형에게 칼카치타 열쇠를 내밀며 우리에게 기름통을 가져다가 화로에 채워 넣으라고 했다.

"프란시스코, 이상한데? 기름 냄새가 나지 않아."

형이 트렁크에서 기름통을 꺼내며 내게 말했다.

"난로에 넣는 기름이 아닌 것 같아. 너 얼른 가서 아빠한테 말씀드려."

나는 서둘러 집 안으로 들어가 아빠에게 말했다. 아빠는 마침 우리 방의 느슨해진 나무 벽에 못을 박아 고정하는 작업을 하고 있었다.

"괜찮을 거야, 프란시스코. 아마 싸구려라서 냄새가 그럴 거야."

아빠는 계속 망치질을 하며 대답했다. 안심한 나는 셔츠를 벗어 매트리스 위에 올려 두고 다시 밖으로 뛰어나갔다.

"형, 아빠가 괜찮대."

내 말을 들은 형은 알쏭달쏭하다는 듯 어깨를 으쓱하고는 기름통을 들고 부엌으로 갔다. 엄마는 한창 저녁밥 지을 준비를 하고 있었다. 형이 무거운 기름통을 들고 부엌으로 들어서자 엄마는 형이 화로에 기름을 편히 넣을 수 있도록 주변을 정리했다. 화로는 바람막이용 플라스틱 커튼이 드리워진 창문 아래 작은 선반에 놓여 있었다. 형이 기름을 다 채우자 엄마는 화로 위에 냄비를 올렸다. 그리고 성냥불을 착 하고 당겼다. 바로 그때, 성냥불을 화로에 가까이 갖다 대자마자 불꽃이 커다랗게 일더니 순식간에 플라스틱 커튼에 불이 옮겨붙었다.

"어머나, 세상에!"

엄마가 소리를 지르며 화로 근처에 있던 형과 나를 홱 밀쳐냈다.

"여보! 불, 부엌에 불났어요!"

엄마가 다급히 아빠를 불렀다. 나는 너무 무서웠다. 활활 타오르는 불길에 플라스틱 커튼이 둥글게 휘면서 말려 올라가고 있었다. 불에 녹은 플라스틱 조각들이 마루 위에 후드득 떨어지고, 고무 타는 것 같은 지독한 냄새와 함께 검은 연기가 부엌을 가득 채웠다. 놀란 형이 허둥지둥 비눗물이 가득한 설거지통을 들고 와 화로 위에 냅다 끼얹었다. 하지만 그게 상황을 더욱 나쁘게 만들었다. 마치 목마른 짐승의 혀처럼, 불길은 바닥에 흐른 물줄기의 뒤를 쫓아 마루 전체로 빠르게 퍼져 나갔다.

"모두 나가!"

부엌으로 달려들어 온 아빠가 우리에게 소리쳤다.

"나가! 나가라고!"

아빠가 계속 외쳤다. 그제야 엄마와 형, 나는 집 앞마당으로 뛰어나갔다. 트람피타와 루벤, 토리토 그리고 로라는 이미 집 밖에 나와 있었다. 우리는 모두 칼카치타 옆에 넋을 놓고 서 있었다. 고개를 돌려 엄마가 흐느껴 울고 있는 것을 보니 나는 더욱 무서워졌다. 잠시 뒤 아빠가 기침을 하며 밖으로 나왔는데 품 안에 담요로 감싼 물건들을 꼭 끌어안고 있었다. 머리카락이 온통 불에 그을려 있었다. 아빠는 땅바닥에 담요를 펼치고 챙겨온 물건들을 다급히 살펴보았다.

그 속에서 번쩍이는 은빛 양철통을 본 순간, 나는 내 소중한 파란색 수첩이 퍼뜩 떠올랐다.

"수첩! 내 도서관인데!"

매트리스 위에 벗어 둔 셔츠 안에서 내 수첩이 불타 버릴 생각을 하니 아득해져 비명을 질렀다.

나는 집 안을 향해 달려들었다. 그러나 형이 재빨리 뒤에서 내 목덜미를 잡아채며 소리를 질렀다.

"너 미쳤어?"

"냐, 수첩을 가져와야 해!"

나는 울부짖으며 형에게서 발버둥을 쳤다. 그러자 아빠가 급히 내 앞을 막아섰다.

"어리석은 짓 하지 마, 프란시스코!"

아빠가 그렇게 화를 내는 모습은 처음이었다. 매섭게 노려보는 아빠의 눈빛에 겁이 났다. 발버둥 치기를 그만둘 수밖에 없었다. 형이 세게 잡고 있던 목덜미를 스르르 놓아주었다. 나는 두 주먹을 꽉 쥔 채 왈칵 쏟아지려는 눈물을 참았다.

소방대원들이 도착했을 땐 이미 집이 완전히 타버린 뒤였다. 눈앞에서 서서히 스러지는 불꽃은 마치 지하세계에서 온 존재 같았다. 아빠는 저금통을 들고 헛간을 향해 걸으며 몹시 지친 목소리로 말했다.

"오늘 밤은 일단 헛간에서 지내고 내일 다시 지낼 곳을 찾아보자."

모든 가족이 아빠의 뒤를 따랐지만 나는 아니었다. 나는 여전히 불타 버린 집 앞에서 꼼짝하지 못했다.

"이리 와, 프란시스코."

엄마가 조용히 나를 불렀다. 그래도 내가 움직이지 않자 엄마는 내게로 다가와 두 팔로 나를 감쌌다. 나는 결국 울음을 터트리고 말았다. 엄마는 내 두 뺨 위로 흐르는 눈물을 손으로 닦아 주고 두 눈을 똑바로 바라보며 이야기했다.

"우리 가족 아무도 다치지 않았고, 모두가 무사해. 그러니까 하느님께 감사드려야지."

"맞아요. 그렇지만 제 도서관은요? 그건 잃어버렸어요. 동전들처럼요."

나는 울먹거리며 대답했다. 엄마는 나를 가만히 바라보다 물었다.

"너의 그 작은 도서관에 무엇이 들어 있었는지 기억하지?"

"네."

엄마가 왜 그런 질문을 하는지 이해할 수 없었다.

"그렇다면…… 너의 도서관에 무엇이 들어 있는지 네가 알고 있다면 말이야, 그건 전부 잃어버린 게 아니야."

엄마가 한 말의 의미를 며칠 동안이나 곰곰이 생각해 보았지만 도무지 무슨 뜻인지 알 수 없었다.

곧 우리 가족은 파트리니 씨가 소유한 노동자 텐트촌으로 옮긴 뒤 다시 포도 농장에서 일을 했다. 모든 것을 태워 버릴 만큼 무더운 나날이었다. 내 옷은 항상 땀으로 흠뻑 젖어 있었다. 그늘을 찾아 포도 나무 밑에 웅크리고 앉아 보기도 했지만 뜨거운 열이 뚫고 들어왔다. 무더위 속에서 시뻘건 불이 생각날 때마다 오른손으로 수첩이 들어 있던 셔츠 주머니를 매만졌다. 주머니는 텅 비어 있었다. 그때마다 목이 메고, 내 친구 칼과 소중했던 동전들, 우리 가족의 첫 번째 집이었던 통나무집이 떠올랐다.

그리고 한참 동안, 나만의 작은 도서관과 엄마가 한 말에 대해 생각했다. 나는 수첩에 적었던 모든 단어, 모든 숫자, 모든 공식을 머릿속에 그릴 수 있었다. 마음으로 보면 모든 게 기억났다. 엄마의 말이 맞았다. 전부 잃어버린 건 아니었다.

머무를 수 없는

벌써 며칠째였다. 학교에 갔다가 집에 와서 보면 아빠가 누워 있었다. 아빠는 허리가 너무 아파 목화를 따러 갈 수 없다고 고통스러워했다. 코코란을 떠나 다시 산타마리아로 돌아가는 게 낫겠다는 말도 자주 했다. 하지만 허리가 괜찮아질지도 모른다는 희망을 완전히 내려놓지는 못했다.

아빠는 목화 수확 철에 번 돈으로 우리 가족이 이번 겨울을 나기 부족할까 봐 계속 걱정했다. 벌써 12월 말이었고, 우리 집에서 일할 수 있는 사람은 오직 로베르토 형뿐이었다. 엄마는 집에서 몸이 아픈 아빠와 어린 로라, 루벤을 돌봐야 했다. 다른 남동생들인 토리토, 트람피타는 나와 함께 학교에 갔다.

대신에 주말이나 비가 오지 않는 날이면 형과 함께 목화를 땄다. 1차 수확기가 지난 라볼라 기간이라 우리가 딸 수 있는 목화는 많지 않았다. 돈도 1파운드에 1.5센트밖에 주지 않았다.

그러던 어느 날이었다. 학교에서 돌아와 보니 아빠가 입을 꾹 다물고 있었다. 심지어 허리가 아프다는 말도 하지 않았다. 텐트 안으로 들어서는 나를 보자마자 아빠가 힘겹게 몸을 일으키고는 물었다.

"프란치스코, 오늘 학교에서 별일 없었니?"

왜 그런지 몰라도 아빠의 표정이 너무나도 걱정스러워 보였다.

"네, 아무 일도 없었는데요."

"하느님, 감사합니다."

내가 어리둥절해하자 아빠가 말했다.

"한 시간 전에 출입국 사무소의 단속 경찰들이 여기 텐트촌에 와서 샅샅이 뒤지고 갔거든. 혹시 학교까지 찾아가지 않았나 걱정했는데 다행이구나."

'단속'이라는 말을 들은 순간 오싹 소름이 끼쳤다. 겁에 질린 내 눈빛을 읽은 엄마는 곧장 다가와 나를 꼭 안아 주었다.

단속이라는 말을 들으면 산타마리아의 노동자 텐트촌에서 겪은 일이 떠올라 두려웠다. 그날은 토요일 늦은 오후였다. 나는 텐트 앞에서 트람피타와 공기놀이를 하고 있었다. 그때 누군가가 "단속 떴다! 단속!"이라고 소리치는 게 들렸다. 소리가 나는 쪽을 돌아보니 승합차 몇 대가 텐트촌 입구를 막으며 끼익 요란하게 멈춰 서는 것이 보였다. 잠시 뒤 승합차의 문이 열리면서 녹색 제복을 입고 총을 든 사람들이 우르르 내렸다. 그들은 텐트촌 안으로 들어와 텐트 사이사이를 뛰어다니며 불법 이민 노동자들을 붙잡았다. 잡히지 않으려고 텐트촌 뒤의 야산으로 달아나는 사람들까지 뒤쫓았다.

그날 돌팔이 치료사였던 마리아 아줌마를 포함해 많은 사람이 잡혔다. 그들은 승합차에 실려 어디론가 사라져 버렸다. 용케 도망친 사람은 몇 안 되었다. 우리 가족은 그날 운이 좋았다. 엄마와 형은 마침 식료품을 사러 시내에 나가는 바람에 텐트촌에 없었다. 아빠는 일본인 이토 씨가 미리 준비해 준 그린카드*를 경찰들에게 보여줘 화를 피했다. 그들은 곁에 있던 어린 나와 트람피타에게는 아무것도 묻지 않았다.

★ 그린카드는 미국 어디에서나 살 수 있고 일할 수 있다는 것을 알려 주는 신분증입니다. 외국인의 신분을 보장해 줍니다.

그날 저녁 형이 일을 마치고 집에 돌아오자 아빠와 엄마는 그제야 안도의 한숨을 쉬었다.

"로베르토, 오늘 출입국 사무소 경찰들 못 봤니?"

아빠가 초조해하며 물었다.

"그들이 여기 텐트촌에 왔었단다. 다행히 우리는 들키지 않았어."

엄마는 아직도 불안에 떨며 손을 만지작거렸다.

"농장에는 오지 않았어요."

형이 대답했다.

"그래, 네가 단속 경찰들하고 떠나지 않아서 정말 다행이구나."

아빠는 무거운 분위기를 풀려고 농담하듯 말했다. 그러자 형도 아빠의 농담을 받아쳤다.

"절대 안 따라가죠. 걔들은 제가 좋아하는 스타일이 아니거든요."

형의 말에 우리는 한바탕 웃을 수 있었다. 하지만 아빠는 금세 웃음을 거두고 아랫입술을 지그시 깨물었다. 나는 아빠가 무슨 말을 하려는지 짐작할 수 있었다.

"너희 모두 항상 조심해야 한다."

아빠는 특히 형과 나를 손가락으로 가리키며 경고했다.

"멕시코에서 태어났다는 말, 누구한테도 하면 안 돼. 아무도 믿지 마, 가장 친한 친구라고 해도 절대로. 진실을 아는 순간 너희를 신고할 거야."

나는 이 말을 수도 없이 들어서 외울 지경이었다.

"자, 프란시스코. 넌 어디에서 태어났지?"

아빠가 무서운 얼굴을 하고는 딱딱한 말투로 물었다.

"캘리포니아 콜튼이요."

"잘 대답했다, 프란시스코."

나의 대답에 아빠는 만족스러워했다. 형은 그날 벌어 온 돈을 아빠에게 건넸다. 아빠는 주먹을 꽉 쥐고 벽을 향해 고개를 돌린 채 입을 뗐다.

"이제 난 쓸모가 없구나. 일도 할 수 없고 가족을 먹여 살릴 능력도 없어. 게다가 단속 경찰이 들이닥쳐도 너희를 지켜 줄 수 없고."

"그런 말 마세요. 그렇지 않아요."

형의 목소리가 애달팠다. 아빠는 형을 잠깐 돌아보더니, 이내 눈을 내리깔고, 내게 작은 은빛 양철통을 가져다 달라고 했다. 그동안 우리가 번 돈을 넣어 둔 저금통이었다. 내가 통을 가지고 오자 아빠는 자세를 살짝 고쳐 앉고 뚜껑을 열어 그 안에 든 돈을 하나하나 세기 시작했다.

"내가 산타마리아에서 일하면, 우리가 모은 돈으로 이번 겨울을 무사히 날 수 있을 거 같은데……."

아빠의 목소리에 근심이 가득했다.

"근데 이놈의 허리가 말을 들을지 모르겠다."

형이 얼른 대답했다.

"아빠, 너무 걱정하지 마세요. 저랑 프란시스코가 산타마리에서 일을 구할 수 있을 거예요. 배추 뽑기나 당근 다듬는 일 같은 거요."

그러자 엄마는 지금이 코코란을 떠나자고 아빠를 설득할 수 있는 기회라고 여겼다. 내가 산타마리아로 너무나도 돌아가고 싶어 한다는 걸 아는 엄마는 내게 살짝 윙크를 한 뒤, 아빠에게 조심스레 말을 꺼냈다.

"여보, 로베르토 말이 맞아요. 우리 여길 떠나요. 게다가 언제 또 단속 경찰이 들이닥칠지 모르잖아요. 산타마리아에서 사는 게 훨씬 마음 편하고 안전했어요."

아빠는 한참 곰곰이 생각하더니 마침내 입을 뗐다.

"당신 말이 맞는 것 같소. 내일 아침 보네티 농장으로 돌아갑시다."

따뜻한 봄이 되면 다시 돌아오는 제비처럼, 우리 가족은 해마다 추운 겨울에는 코코란에서 목화를 따다가, 봄이 되면 우리의 둥지와도 같은 산타마리아의 보네티 농장으로 되돌아갔다. 잠시만 머무를 수 있었지만 보네티 농장은 우리에게 안식처였다. 산타마리아 노동자 텐트촌이 헐리고 말았던 그해에 우리 가족은 1월부터 8월까지 8개월 동안 그곳에 있는 판잣집에서 산 적이 있다. 보네티 농장은 동쪽 시내 중심가에 있었지만 주소는 없었다. 그곳에 사는 사람들은 대부분 미국 시민이거나 아빠처럼 이민 비자를 가지고 있는 멕시코인 노동자였다. 그런 탓에 국경 순찰대의 검문으로부터 안전했다.

다음 날 아침 나는 제일 먼저 잠에서 깼다. 보네티 농장으로 돌아간다는 사실에 너무 기뻐서 저절로 눈이 떠진 것이다. 우리는 짐을 싸서 차곡차곡 칼카치타에 싣고 산타마리아가 있는 남쪽을 향해 달렸다. 기쁜 건 나만이 아니었다. 형과 트람피타도 나처럼 신이 나 있었다. 아마도 아이들이 방학 때 어디론가 놀러 가며 느끼는 기분이 이런 게 아닐까 싶었다. 형은 허리가 아파 운전을 할 수 없는 아빠를 대신해 운전을 했다. 산타마리아까지는 겨우 다섯 시간이 걸렸지만, 나는 그

시간이 마치 닷새나 되는 듯 길게 느껴졌다. 그래서 뒷좌석에 가만히 앉아 있질 못하고 연신 창문을 열고 고개를 내밀어 산타마리아라고 적힌 표지판이 나타나지 않았는지 확인했다.

"형, 더 빨리 갈 수 없어?"

나는 운전하고 있는 형의 등을 쿡쿡 찌르며 재촉했다.

"물론 더 빨리 갈 수는 있지. 속도위반 딱지를 떼고 싶다면."

형이 유쾌하게 대꾸했다. 그러자 아빠가 빙긋 웃으며 끼어들었다.

"프란시스코, 속도위반 딱지가 필요해? 그게 생기면 출입국사무소에서 알아서 우릴 잡아갈 텐데."

나는 그 말에 곧바로 창문을 닫고 내 입도 닫아 버렸다.

출발한 지 두 시간 정도 지났을 무렵, 엄마는 잠시 차를 세우고 새벽에 일어나 미리 싸둔 점심 도시락을 먹자고 했다. 나는 배가 고팠지만 시간이 아까웠다.

"그냥 차에서 먹으면서 가면 안 돼요?"

나는 형과 동생들이 맞장구쳐 주길 은근히 기대하며 말했다. 하지만 돌아온 건 아빠의 꾸지람뿐이었다.

"그럼 로베르토는? 형은 먹지도 말고 계속 운전하라고?"

결국 우리는 길가에 차를 세우고 도시락을 먹었다. 아빠는 형과 나의 팔을 붙잡고 조심조심 차에서 내린 후 땅바닥에 허리를 쭉 펴고 누웠다. 나는 삶은 계란 두 개와 초리조 타코를 순식간에 먹어 치우고 아빠가 보지 않는 틈을 타서 빨리 가자고 형에게 신호를 보냈다.

"기다려, 프란시스코. 거의 다 먹었어."

형이 조금 짜증을 냈다. 점심을 먹은 뒤 우리는 다시 남쪽으로 달렸다. 산타마리아가 가까워질수록 심장이 두근두근 점점 빠르게 뛰었다. 이번에는 우리가 앞으로 몇 달 동안 살게 될 곳이 어딘지 잘 알고 있었기 때문이다. 엘카미노 중학교에서 2학년을 다닐 때 친해진 친구들을 만날 생각에 특히 설레었다. 학기가 끝난 지난 6월을 마지막으로 그 친구들을 보지 못했다.

'그 아이들이 나를 기억할까?'

이런 생각이 자꾸만 들어 초조했다.

이윽고 니포모에 도착했다. 조금만 더 가면 산타마리아였다. 가슴이 쿵쾅댔다. 니포모에서 산타마리아로 접어드는 관문인 산타마리아 다리를 지나는 순간에는 좋아서 환호성까지 질렀다.

"드디어 왔어! 드디어 왔다고!"

트람피타와 토리토도 덩달아 함성을 지르는 바람에 곤히 잠들어 있던 루벤이 깼다. 그런 우리를 보며 엄마는 웃음을 터트렸다.

"이 녀석들 아주 난리가 났네."

아빠도 우리가 미친 것 같다는 손짓을 하며 흐뭇해했다.

메마른 강 위를 가로지르는 약 400미터 길이의 시멘트로 만든 다리를 건너는 동안, 나는 창밖으로 목을 기린처럼 길게 빼고 보네티 농장이 보이는지 바라보았다. 내 기억에 보네티 농장은 쓰레기 매립장 남쪽으로 1.5킬로미터쯤 떨어진 곳에 있었다. 그리고 예전에 살던 텐트촌도 그 근처였다.

마침내 고속도로가 끝나며 국도가 이어졌고 우리 차는 곧장 시내를 향해 들어갔다. 중심가에 이르자 형은 핸들을 왼쪽으로 틀어 동쪽으로 약 16킬로미터 더 차를 몰았다. 달리는 내내 나는 내가 아는 장소들을 하나씩 짚어 보았다. 내가 다니던 메인 스트리트 초등학교, 자주 가던 10센트 잡화점, 마실 물을 사던 텍사코 주유소, 그리고 토리토가 아플 때 입원했던 병원까지. 얼마 지나지 않아 시내 외곽 지역을 알리는 수이 로드를 건넜다. 곧 눈앞에 심은 지 얼마 안 된 배추밭과 당근밭이 드넓게 펼쳐졌다.

마침내 칼카치타가 보네티 농장 안으로 들어섰다. 농장은 작년과 달라진 게 하나도 없었다. 개들이 달려와 꼬리를 흔들며 우리를 반겼다. 형은 혹여나 개들을 치기라도 할까 봐 속도를 줄여 거의 기어가다시피 했다. 그 와중에 길 곳곳에 깊게 팬 물웅덩이도 요리조리 피했다. 판자촌 앞을 뱅 둘러싼 진흙 길 위에는 물웅덩이가 많았다. 우리를 반기는 개 중에는 천막촌에 사는 사람들이 키우는 개들도 있었지만, 대개는 주인 없는 개들이었다. 천막 밑에서 웅크려 자고 쓰레기통을 뒤져 아무거나 먹었다. 하지만 결코 혼자는 아니었다. 피에 굶주린 벼룩 수백 마리가 달라붙어 항상 성가시게 했다. 밤에 우리가 자는 침대에 벼룩이 들어왔던 날 얼마나 고통스러웠는지 모른다. 그때를 떠올리면 개들이 벼룩 때문에 하루하루 얼마나 괴로울지 불쌍하고 가여웠다.

판자촌은 예전 그대로였다. 농장 주인인 보네티 씨는 여전히 일꾼들이 사는 곳에 신경을 쓰지 않았다. 마치 전쟁 뒤에 폐허가 된 마을처럼 집마다 창문은 깨져 있고, 벽은 힘없이 허물어져 있고, 지붕에는 커다란 구멍이 나 있었다. 또한 농장 여기저기에 낡고 녹슨 농기계가 보기 흉하게 널브러져 있었다. 농장 한가운데에는 커다란 헛간이 있었는데 언젠 쓸지 모르는 통나무와 못 상자, 농기구, 그리고 쓰레기 매립장에서 주워 온 페인트가 아무렇게나 놓여 있었다.

우리 가족은 작년에 살았던 판잣집에 다시 세를 얻어 이사했다. 갈라진 벽틈은 벽지를 발라서 막은 뒤 페인트를 칠했고, 부엌 바닥도 쓰레기 매립장에서 주워 온 장판을 깐 뒤에 페인트를 칠했다. 다행히 전기는 끊기지 않았다. 그리고 물도 나왔다. 비록 물에 기름이 끼어 있고 소독약 냄새가 나서 마실 수는 없었지만 씻는 건 가능했다. 물론 그대로 쓸 수는 없었고 물을 솥에 채우고 화로 위에 올려 뜨겁게 데운 뒤, 커다란 알루미늄 통 안에 쏟아붓고 목욕을 했다. 마실 물은 큰 통을 들고 시내에 있는 텍사코 주유소에 가서 담아 와야 했다.

형은 칙칙한 판잣집 앞에 빨간색, 분홍색, 흰색 제라늄 꽃을 심었다. 그리고 꽃 둘레에 나지막한 울타리를 두르고, 역시나 쓰레기 매립장에서 주워 온 페인트로 칠을 했다.

우리 집 오른쪽으로 바로 몇 미터 옆에는 판자촌에서 나온 쓰레기를 모아 두는 통이 있었다. 다 쓰고 버린 커다란 기름 통 세 개를 재활용한 것이었다. 보네티 씨는 정기적으로 쓰레기를 태웠고 재를 트럭에 실어 시내 쓰레기 매립장에 가져가 버렸다. 그리고 우리 집 뒤에는 다른 두 집과 함께 사용하는 공동 화장실이 있었다. 이 화장실은 가끔 비가 오는 날이면 땅이 푹 꺼지면서 한쪽으로 기우뚱 기울었다. 그 바람에 그 안에서 균형을 잡고 있기 힘들었다. 보네티 씨의 대처는 간단했다. 화장실 벽 한쪽에 줄을 매달아서 기울어져 있을 때는 그 줄을 잡고 볼일을 보게 만들었다.

산타마리아에 돌아오고 일주일이 지났을 때 우리 형제는 학교 등록을 다시 시작했다. 로베르토 형은 드디어 그해 처음으로 산타마리아 고등학교에서 1학년 수업을 듣게 되었다. 트람피타와 토리토는 시내에 있는 메인 스트리트 초등학교를 다시 다니기 시작했다. 나는 엘카미노 중학교에서 2학년 공부를 이어서 하기로 했다. 2학년 수업은 코코란에서 포도 수확이 끝난 뒤인 11월 첫째 주에 잠깐 들은 적이 있었다. 루벤과 로라는 학교에 다니기에는 아직 너무 어렸다. 그래서 엄마는 집에서 동생들을 돌보아야 했다.

엘카미노 중학교로 2학년 첫 등교를 하던 날이었다. 첫날이었지만 그다지 떨리지 않았다. 우리 반 아이들 중 몇몇은 얼굴이 낯이 익었다. 작년에 여기서 중학교 1학년을 다닐 때 같은 반이었던 애들이다. 그중에는 바로 알아보지 못한 애들도 있었다. 몰라볼 정도로 키가 훌쩍 커 있었기 때문인데 특히 남자애들이 그랬다. 반면에 나는 여전히 150센티미터 그대로 였다. 나는 학교에서 키가 제일 작은 아이들 중 하나였다.

내가 좋아하는 선생님은 두 분이었다. 오전에 수학과 과학을 가르치는 마일로 선생님과 오후에 영어와 역사, 사회를 가르치는 엘리스 선생님이었다. 역사 수업 시간에는 주로 미국 정부와 헌법에 대해 배웠다. 나는 마일로 선생님 수업이 제일 좋았다. 내가 영어보다는 수학을 더 잘했기 때문이다. 매주 목요일이면 마일로 선생님은 아이들에게 수학 쪽지시험을 보게 했고, 다음 날 그 시험 점수에 따라 자리를 바꾸게 했다. 가장 높은 점수를 받은 아이가 맨 앞줄, 첫 번째 자리에 앉는 영광을 누렸다. 샤론 이토와 나는 그 첫 번째 자리를 번갈아 가며 차지했다. 샤론은 우리 가족이 여름에 일하는 딸기 농장의 소작인인 이토 씨의 딸이었다. 솔직히 말하면, 샤론이 나보다 더 많이 첫 번째 자리에 앉기는 했다. 내가 제일 못하는 영어 시간에는 성적순으로 앉게 하지 않아서 얼마나 다행이었는지 모른다.

시간이 흘러도 아빠의 허리는 좋아지지 않았다. 그로 인해 아빠는 우울해하는 날이 점점 늘었다. 엄마와 형, 나는 돌아가며 아빠의 허리에 진통제 크림을 발라 주무르곤 했다. 온종일 아빠는 일하지 못하는 현실에 대해 한탄하거나, 텅 빈 눈빛을 하고선 침대에 멍하니 누워 있었다. 밥은 새 모이만큼만 먹고 두통약을 입에 달고 살았으며 밤새 거의 잠을 이루지 못했다. 낮에 지쳐서 잠깐 눈을 붙이는 정도였다.

어느 날 초저녁, 아빠가 잠시 졸고 있을 때였다. 엄마가 형과 나를 조용히 불렀다.

"엄마 생각에, 아빠가 더는 농장에 나가 일을 하기 어려울 거 같아."

엄마가 입고 있던 앞치마에 괜히 손을 문지르며 걱정스레 말했다.

"어떻게 하면 좋겠니?"

우리를 둘러싸고 긴 침묵이 흘렀다. 생각에 잠겨 있던 형이 마침내 입을 열었다.

"제가 시내에서 일자리를 구해 보면 어떨까 해요. 농장 일은 너무 힘들어요."

"그래. 그럼 1년 내내 일할 수 있지."

엄마도 형의 생각에 동의했다.

"좋은 생각이다! 그렇게만 되면 프레즈노로 다시 이사 가지 않아도 되잖아."

나는 뛸 듯이 기뻤다.

"어쩌면 심스 선생님께서 도와주실지 몰라요."

형의 말을 듣고 엄마는 놀라며 물었다.

"심스 선생님이 누구니?"

나는 얼른 나서서 대신 대답했다.

"메인 스트리트 초등학교의 교장 선생님이잖아요. 기억 안 나세요? 저한테 초록색 외투를 주셨잖아요."

그러자 형이 엄마의 기억을 되살리기 위해 말을 덧붙였다.

"제가 6학년 때는 신발이 다 닳은 걸 보고 운동화도 사 주셨어요."

이야기를 들은 엄마는 바로 기억을 해냈다.

"그래, 맞아. 좋은 분이셨지."

며칠 뒤, 정말로 심스 교장 선생님은 형이 시내에서 시간제로 일할 수 있는 곳을 찾아보겠노라 약속했다.

"뭐든 찾으면 바로 연락하마."

연락이 오길 기다리는 동안 형과 나는 계속 일했다. 평일에는 학교 수업을 마친 뒤 빠짐없이, 그리고 주말인 토요일과 일요일에는 어김없이 배추를 뽑고 당근을 다듬었다.

얼마 뒤 심스 교장 선생님으로부터 일자리를 구했다는 연락이 왔다. 선생님은 토요일 오후에 브로드웨이 거리에 있는 버스터 브라운 신발 가게에서 가게 주인과 형이 만날 수 있도록 약속을 잡아 두었다고 했다. 형은 물론이고 엄마와 나도 그 연락을 받고 너무 설레었다.

드디어 토요일이 되었다. 형과 나는 아침 일찍 배추 농장으로 일을 나섰다. 형은 운전하는 내내 들뜬 마음을 감추지 못하고 신발 가게에서 일하면 어떨지 이야기했다. 약속이 있는 오후까지 시간이 너무 길게만 느껴졌다. 그래서 우리는 더디게 가는 시간을 잊기 위해 시합을 했다. 이랑의 3분의 1 지점에 표시를 해놓고 누가 먼저 허리를 펴지 않고 일해서 도착하는지 겨루는 것이었다. 표시를 마친 형이 외쳤다.

"준비됐어? 자, 시작!"

나는 허리를 구부정하고 숙이고 15센티미터 길이의 호미로 배추를 뽑으며 앞으로 나아갔다. 쉬지 않고 20분을 계속했더니 허리가 아파서 더는 숙이고 서 있을 수가 없었다. 자세를 바꾸어 무릎을 굽히고 앉는 대신 호미질은 멈추지 않았다. 표시한 곳에 도착하자마자 나는 그대로 벌렁 드러누워 버렸다. 형도 마찬가지였다.

"와! 드디어 다했다."

내가 숨을 몰아쉬며 말했다.

"그런데 허리가 끊어질 거 같아."

허리 통증을 조금이라도 덜어 보려고 배를 깔고 엎드렸다. 그러자 형이 일어나 내 등과 허리를 주물러 주었다. 척추뼈 마디마디가 시원하게 느껴졌다.

"프란시스코, 너도 이제 늙었나 보다. 그만 쉬어."

형이 웃으며 나를 놀렸다. 나는 아파서 끙끙대면서도 킬킬 웃음이 났다.

안마를 끝낸 형이 내 옆에 두 팔을 벌리고 누웠다. 나도 몸을 돌려 흐린 하늘을 올려다보았다. 금방이라도 비가 쏟아질 것처럼 먹구름이 몰려오고 있었다.

"해마다 옮겨 다니는 거 이젠 정말 지쳤어."

진흙으로 작은 공을 만들어 던지며 형이 말했다.

"나도 지쳤어."

나는 형의 말을 그대로 따라 하듯 말했다. 그리고 움직이는 구름을 두 눈으로 좇으며 물었다.

"형은 10년이나 20년 후에 뭘 하고 있을지 궁금하지 않아? 아니면 어디서 살고 있을지는 안 궁금해?"

형은 갑자기 고개를 세우고 우리 이야기를 듣고 있는 사람

177

이 없는지 주위를 두리번거리고 나더니 속삭였다.

"우리가 추방되지만 않는다면……."

그러곤 자신 있다는 말투로 목소리를 높였다.

"당연히 산타마리아에서 살 거야. 다른 데에서 사는 건 상상이 안 돼. 너는?"

형의 말을 듣고 지금까지 우리가 살았던 곳들을 떠올려 보았다.

"셀마, 비살리아, 베이커스필드, 코코란은 살기 싫어."

잠시 생각한 뒤 나는 말을 이었다.

"나도 산타마리아가 좋아. 그래서 말인데, 형이 여기서 평생 산다면 나도 여기서 살래."

≡ʒ≡ʒ

점심을 먹자마자 형은 몸에 묻은 흙을 깨끗이 털고 약속 장소로 떠났다. 나는 혼자 남아 일을 하는 내내 형의 새로운 일자리를 떠올렸다. 그러곤 잠깐씩 구부렸던 허리를 펼 때마다 생각했다.

'이건 우리 가족이 산타마리아에 머무를 수 있는 기회야. 그럼 포도 수확 철마다 프레즈노로 가지 않아도 되고, 학교도

여기서 계속 다닐 수 있어.'

거기까지 생각이 미치자 더욱 가슴이 뛰었다.

'어쩌면 형이 신발 가게에 내 일자리도 얻어 줄지 몰라.'

나는 형의 목소리를 흉내 냈다.

"프란시스코, 버스터 브라운에서 일해 볼래?"

나는 좋아서 소리를 지르며 호미를 공중에 휙 던졌다가 빙그르르 떨어지는 호미의 손잡이를 탁 잡았다. 일을 마치자마자 후두두 비가 쏟아지기 시작했다. 나는 비를 피해 목련 나무 아래로 뛰어가 형이 올 때까지 마냥 기다렸다.

그런데 나를 데리러 돌아온 형의 얼굴이 하늘빛보다 더 어두웠다.

"왜 그래? 혹시 일자리 못 구한 거야?"

나는 떨리는 목소리로 물었다. 형은 고개를 저었다.

"아니, 일자리를 구하기는 했어. 그런데 가게에서 일하는 게 아니야."

"그럼 무슨 일을 하는데?"

나는 안달이 났다.

"잔디 깎는 일. 그것도 일주일에 한 번."

그 말을 하는 형의 목소리가 무척 서글펐다. 울음을 참느라 입술이 가늘게 떨리고 있었다.

179

"말도 안 돼!"

나는 너무 화가 나서 들고 있던 호미를 바닥에 팽개치며 소리를 질렀다. 형은 잠긴 목을 가다듬고 옷소매로 두 눈을 문지르고 나서 내게 말했다.

"월요일에 학교 끝나면 심스 교장 선생님을 만나러 갈 거야. 다른 일자리를 알아봐 달라고 부탁해야지."

형은 호미를 주워서 내 손에 쥐어 주었다.

"희망을 잃지 말자, 프란시스코."

그리고 두 팔로 나를 꼭 안아 주며 말했다.

"다 잘될 거야."

ΞΞ3ΞΞ3

월요일 아침, 학교에서 내 신경은 온통 다른 곳에 가 있었다. 아빠에 대한 걱정과 형에 대한 생각이 멈춰지지 않았던 것이다.

'제발 형이 일자리를 얻었으면 좋겠는데.'

'만약 못 구하면 어쩌지?'

'아냐, 형은 해낼 거야.'

이런 생각들로 머릿속이 점점 복잡해졌다.

그런데 그날 오후에 엘리스 선생님이 생각지도 못한 과제를 아이들에게 내주었다.

"지금부터 미국 독립선언문 중에서 중요한 부분이 적힌 종이를 나누어 줄 거예요. 여러분 모두 이걸 외워야 해요."

선생님은 손에 든 종이 뭉치를 세서 첫 줄부터 나누어 주기 시작했다. 아이들 사이에서 불평하는 말들과 앓는 소리가 터져 나왔다.

"자, 걱정할 필요 없어요."

선생님이 빙그레 웃었다.

"아주 짧거든요. 선생님은 여러분이 이 글을 가슴으로 이해했으면 좋겠어요."

모든 아이의 손에 종이가 돌아가자, 선생님은 아이들 앞에 서서 첫 문장부터 읽기 시작했다.

모든 인간은 평등하게 태어났다.

모든 인간에게는 누구도 빼앗을 수 없는 권리가 있다.

안전과 자유, 그리고 행복을 추구할 권리다.

이 권리를 지키기 위해 우리는 정부를 만들었다.

정부의 권력은 오로지 국민에게서 나온 것이다.

"어때요, 어렵지 않죠? 다 외운 사람은 선생님 앞에 와서 외운 걸 읊어 보세요. 점수를 더 받고 싶은 사람은 여기 칠판 앞에 서서 모두 앞에서 읊어도 좋아요."

선생님은 다음 주까지 독립선언문을 외우는 과제를 마쳐야 한다고 했다. 내게는 선생님 앞에서 읊는 것밖에는 선택의 여지가 없었다. 아이들이 모두 보는 앞에서 외운 것을 읊다가 웃음거리가 되고 싶지는 않았으니까. 나의 멕시코 억양이 독특하다는 건 나도 잘 알고 있었다. 내 귀에도 이상하게 들려서가 아니라, 내가 영어를 할 때마다 아이들이 깔깔대며 웃고 놀렸기 때문이다. 더 높은 점수를 받고 싶은 마음은 굴뚝같았지만, 그렇다고 교실에서 놀림을 당할 수도 있는 일을 굳이 만들고 싶지는 않았다.

그날 수업이 모두 끝난 오후, 나는 스쿨버스를 타고 집으로 돌아갔다. 버스에서 내내 독립선언문을 외우려고 애써 보았지만 집중이 잘되지 않았다. 그저 형한테 심스 교장 선생님이 뭐라 했을지 너무 궁금할 뿐이었다. 마침 집 앞에 다다르니 칼카치타가 세워져 있는 게 보였다. 형이 이미 집에 와 있는 것이었다. 나는 부리나케 집 안으로 뛰어들었다. 아빠와 엄마 그리고 형이 식탁에 둘러앉아 있었다.

"형, 어떻게 됐어? 빨리 말해 줘!"

나는 흥분을 감추지 못했다.

"어떻게 됐을 것 같아?"

형이 되묻는데 입술이 웃을락 말락 실룩이는 것 같았다. 나는 아빠와 엄마를 흘깃 쳐다보았다. 둘 다 활짝 웃고 있었다.

"일자리를 얻었구나!"

나는 손을 번쩍 들고 소리를 질렀다.

"응, 심스 교장 선생님이 메인 스트리트 초등학교에서 수위로 일하면 어떠냐고 제안해 주셨어. 정문 앞에서 방문객 관리하고 학교 지키는 사람!"

형은 좋아서 입을 헤벌쭉 벌리고 웃었다.

"더구나 정규직이래요."

엄마가 아빠를 보며 말했다. 아빠는 조심스럽게 허리를 잡고 천천히 일어나더니 엄마를 꼭 끌어안았다. 그러고 나서 형을 향해 몸을 돌리고 말했다.

"가르친 보람이 있구나, 로베르토. 네가 정말 자랑스럽다. 엄마와 아빠는 너무 가난해서 학교에 다니질 못했어."

"대신 저희는 아빠 덕분에 학교에 많이 다닐 수 있었어요."

나는 불쑥 말했다. 그 무렵 아빠가 그렇게 행복해하는 모습은 본 적이 없었다.

저녁을 먹은 뒤 나는 독립선언문 외우기 과제를 하기 위해 식탁에 앉았다. 형이 새로운 일자리를 구했다는 사실에 마음이 들떠 집중하기가 쉽지 않았다. 하지만 기필코 한 글자도 틀리지 않고 독립선언문을 외우는 모습을 보여 주겠다고 다짐했다. 선생님이 나누어 준 종이를 보며 한 문장, 한 문장 베껴 썼다. 모르는 영어 단어는 사전을 일일이 찾아보았다. '평등' '추구' '권력'처럼 처음 알게 된 단어들은 새로 산 검은색 수첩에도 따로 적어 두었다. 나는 모르는 영어 단어를 수첩에 뜻과 함께 적어 놓고 외우는 습관을 여전히 지키고 있었다. 이제는 단어의 뜻을 찾아 적은 다음, 그 옆에 깨알처럼 작은 글씨로 그 단어를 활용한 문장들도 함께 써놓았다.

모든 인간은 '평등'하게 태어났다.

하지만 그러느라 독립선언문 한 문장을 외우는 데에도 시간이 많이 걸렸다. 더구나 아무리 외워도 마치 손가락 사이로 모래알이 빠져나가듯 문장들이 머릿속에서 스르륵 사라졌다. 내 계획은, 하루에 최소 한 문장씩 외워서 다음 주 금요일에 무사히 과제를 통과하는 것이었다.

수요일이 되었다. 수업을 마치고 교실을 나서니 형이 엘카미노 중학교 앞으로 칼카치타를 몰고 와 있었다. 형은 메인 스트리트 초등학교에 가서 청소를 해야 하는데 거들어 달라고 했다. 마침 추적추적 비가 내리기 시작했다.

우리는 학교에 도착하자마자 청소용 수레를 가지러 지하 관리실로 곧장 내려갔다. 그곳에는 커다란 빗자루와 쓰레받기, 걸레, 화장실 청소 용품 등이 들어 있었다. 이윽고 물건들을 챙겨 들고 청소를 하러 첫 번째 교실에 들어선 순간이었다. 지난 추억이 파도처럼 몰려왔다. 그 교실은 내가 1학년 때 스칼피노 선생님의 수업을 들었던 곳이었다. 책상과 의자만 조금 작아 보이는 것을 빼고는 신기하게도 모든 게 그대로였다. 나는 스칼피노 선생님이 쓰던 책상에 앉아서 수첩을 꺼내 펼쳤다. 그리고 외워야 하는 두 번째 문장과 세 번째 문장을 읽어 보았다.

모든 인간에게는 누구도 빼앗을 수 없는 권리가 있다.
안전과 자유, 그리고 행복을 추구할 권리다.

청소용 수레로 가서 젖은 걸레를 꺼내 들고 칠판을 닦으며 머릿속으로 방금 전에 읽은 문장들을 되뇌었다. 우르릉 쾅쾅 천둥소리와 번쩍이는 번개가 자꾸만 공부를 방해했다. 창밖을 내다보니 비가 세차게 쏟아지고 있었다. 아랑곳없이 내 뒤에서 마룻바닥의 먼지를 쓸고 있는 형의 모습이 투명한 유리창에 비쳤다.

드디어 금요일이 왔다. 나는 독립선언문을 모조리 외웠고 눈을 감고도 어렵지 않게 읊을 수 있었다. 다만 '빼앗을 수 없는'이라는 단어에서 좀 버벅거렸다. 그 단어는 발음하기가 쉽지 않았다. 그래서 그때마다 음절을 끊어서 천천히 발음을 반복했다. 학교 가는 스쿨버스 안에서도 검은색 수첩을 손에 꼭 쥔 채 눈을 감고 모기만 한 목소리로 발음 연습을 했다.

"빼-앗-을-수-없는"

그러자 옆자리에 앉은 아이가 이상하게 보였는지 대뜸 말을 걸었다.

"너 뭐 나한테 할 말 있니?"

온통 발음에만 집중하고 있던 나는 순간 깜짝 놀랐다.

"어? 아니. 왜 그런 말을 해?"

나는 당황하지 않은 척하며 물었다.

"그냥, 네가 계속 웅얼웅얼하니까."

조금 쑥스러웠지만, 나는 그 아이에게 내가 뭘 하고 있었는지 솔직히 알려 주었다. 하지만 그 애는 내 말을 믿는 것 같지 않았다. 왜냐하면 내가 손에 꼭 쥐고 있던 검은색 노트를 빤히 보더니, 낮게 중얼거리다가, 다른 곳으로 자리를 옮겨 버렸기 때문이다.

그날 학교에서의 시작은 좋았다. 아침에 마일로 선생님이 수학 쪽지시험을 봤던 시험지를 들고 와서 늘 그랬듯 성적대로 자리에 앉으라고 했다. 내 자리는 첫 번째 줄, 첫 번째 자리였다! 이건 분명 좋은 신호였다. 오후에 있을 엘리스 선생님의 영어 수업에서도 멋지게 외운 걸 뽐낼 수 있을 것 같은 예감이 들었다.

점심을 먹고 오후 1시가 되자 나는 제일 먼저 교실로 들어갔다. 그리고 책상에 앉아서 마지막으로 한 번 더 속으로 독립선언문을 읊어 보았다.

모든 인간은 평등하게 태어났다.

모든 인간에게는 누구도 빼앗을 수 없는 권리가 있다.

안전과 자유, 그리고 행복을 추구할 권리다.

틀렸거나 빼먹은 단어가 없는지 수첩에 적어 놓은 문장들을 살펴보았다. 한 글자도 틀리지 않았다. 그 어느 때보다 자신감이 차올랐다. 나는 수첩을 책상 서랍 안에 넣고 수업 종이 빨리 울리기만을 기다렸다.

드디어 종이 울리고 아이들이 모두 제자리에 앉았다. 엘리스 선생님이 출석을 부르기 시작했다. 바로 그때, 누군가 교실 문을 두드렸다. 선생님이 문을 열자, 데네비 교장 선생님과 그 뒤에 어떤 남자가 서 있는 게 보였다. 그 짧은 순간, 녹색 제복이 내 두 눈에 들어왔다. 그 제복이 무얼 뜻하는지도.

나는 숨이 턱 막혔다. 어디로든 도망치고 싶었지만 다리가 꿈쩍도 하지 않았다. 온몸이 떨리고 심장은 터져버릴 것만 같았다. 엘리스 선생님은 출입국 관리소의 단속 경찰을 교실 안으로 들이고 함께 나를 향해 걸어왔다. 잠시 뒤 엘리스 선생님은 오른손을 내 어깨에 올리고, 단속 경찰을 스윽 올려다보더니, 이내 슬픈 목소리로 말했다.

"이 아이예요."

나는 두 눈을 질끈 감았다. 그대로 일어서서 단속 경찰을 따라 교실 밖으로 나오니 운동장에 '국경 순찰대'라고 적힌 차가 기다리고 있었다.

단속 경찰은 나를 앞 좌석에 태웠다. 그리고 속도를 높여

브로드웨이 도로를 내달렸다. 로베르토 형이 공부하고 있는 산타마리아 고등학교를 향해.

프란시스코와 그의 가족은 미국에서 강제 추방당한 뒤 '실제로' 어떻게 되었을까요? 프란시스코 가족은 출입국 관리소를 거쳐 멕시코로 추방되고 나서 3개월이 지난 뒤에, 일본인 소작인이었던 이토 씨의 도움으로 간신히 이민 비자를 얻었습니다. 그러나 프란시스코의 아버지가 일할 수 있는 성한 몸이 아니었기 때문에 온 가족이 미국으로 돌아올 순 없었습니다. 첫째인 로베르토와 둘째인 프란시스코만이 미국으로 돌아오게 되지요.

로베르토는 다시금 정규직 일자리를 얻었어요. 멕시코에 남은 가족에게 생활비를 보내기 위해 힘들게 일하며 어렵게 돈을 모았습니다. 그러다 도둑을 맞기도 하고 고생을 많이 했습니다. 하지만 힘든 시간 끝에 나중에는 온 가족이 미국으로 다시 이주해 산타마리아에서 함께 살게 되었어요.

한편 프란시스코는 고등학교에 들어가면서 선생님이 되고 싶다는 꿈을 품게 됩니다. 하지만 아버지는 선생님이 되려면

대학교에 가야 하고, 대학교는 돈이 많은 사람만 갈 수 있는 곳이라며 크게 반대를 했어요. 프란시스코는 새벽에 일어나 형이 소개해 준 청소 업체에서 일하고, 학교 수업이 끝난 뒤 저녁에는 아르바이트를 하면서 돈을 법니다. 그러는 동안 배움에 대한 꿈을 잠시도 버리지 않았어요.

프란시스코는 멕시코 출신이라는 이유로 학교에서 차별을 당하고 편견에 맞서야 했는데요. 이런 시련에도 나중에는 학생회장으로 뽑혔고, 마침내 장학금을 받고 대학교에도 가게 되었습니다. 결국 프란시스코는 꿈꾸었던 대로 아이들을 가르치는 사람이 되었습니다. 대학교에서 학생들에게 글을 가르쳤지요. 또한 과거의 자신과 같은 불법 이주민 아이들을 위한 교육에도 헌신했습니다.

Q 이 책은 어린이와 청소년 독자들에게 많은 사랑을 받았어요.
그 이유가 뭐라고 생각하시나요?

A 특정 독자를 겨냥하고 책을 쓴 건 아니에요. 다만 처음부
터 아이들의 눈으로, 아이들의 목소리로, 아이들의 마음
으로 책이 읽히기를 바라며 썼습니다.

Q 이 책은 자전적 성장소설이라고 하셨어요. 어디까지 사실이
고 얼마나 허구인가요?

A 90퍼센트는 정말 제가 겪은 일들이고. 10퍼센트 정도는
이야기를 위해 만들어 낸 허구예요.

Q 결말이 너무 슬퍼요. 실제로 그때 교실에서 미국 독립선언문
을 암송하려 할 때, 출입국 관리소 단속 경찰이 들이닥쳤나
요? 그래서 정말 끌려갔나요? 왜 이런 결말로 이야기를 끝냈
나요?

Ⓐ 진짜로 있었던 일이에요. 제가 중학교 2학년 때 겪은 사건이지요. 지금도 그때의 경험을 떠올리면 너무 무섭고 끔찍해요. 절대 잊을 수 없는 장면이죠. 그러니 이 이야기의 결말로 삼은 건 당연한 일 같아요.

Ⓠ 이 이야기에 감동을 받은 사람이 많아요.

Ⓐ 감사하게도 책을 내고 난 후 미국, 유럽, 중국, 일본 등 세계 여러 나라에서 편지가 왔어요. 어린아이에서부터 어른까지 다양하죠. 특히 이민 가정의 아이들은 자신들의 아버지, 할아버지 세대의 이야기를 들려줘서 고맙다고 해요. 또 어떤 독자들은 불법 이민자의 힘겨운 삶을 알게되었다고 하면서 용기와 희망을 느꼈다고 말합니다.

Ⓠ 나비가 여러 번 상징처럼 등장해요. 특별한 이유가 있나요?

Ⓐ 어린 시절 저는 훨훨 날아오르는 나비의 자유로움과 아름다움에 반했어요. 책 속의 이야기처럼, 초등학교 1학년 때는 영어를 할 줄 몰라 교실에서 거의 모든 시간을 혼자서 나비를 그리면서 보냈고요. 저에게 나비를 그리는 건 외로움을 떨쳐 버릴 수 있는 가장 좋은 방법이었어요. 제가 그린 나비 그림으로 처음 상을 받았을 때는

온몸이 '활짝 펼쳐지는 듯한 기분'을 느꼈지요. 그때의
감동은 지금까지도 저에게 평생 잊지 못할 굉장히 의미
있는 사건이었습니다.

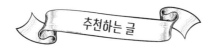

누군가의 경험을 통해 배우는 삶의 태도

박신식(아동문학가)

불법 이민자의 삶

프란시스코의 가족은 궁핍한 현실 속에서 더 나은 삶을 꿈꾸며 태어난 나라를 떠난다. 철조망을 몰래 넘어 들어간 미국에서 이 가족은 목화, 딸기, 포도 수확 철에 맞춰 1년에 3번이나 이사를 다닌다. 텐트로 만든 남루한 집에서 생활하며 하루 열두 시간이나 되는 고된 노동을 하고, 개에게 준다며 고기 뼈를 얻어 끼니를 채우는 생활은 어른들만의 몫이 아니다.

어린 프란시스코는 삶이 쉽지 않다. 영어를 몰라 학교에 적응하지 못하고, 곧 태어날 동생을 위해 쓰레기장에서 고무를 모으며, 선생님에게 트럼펫을 배우기로 약속한 다음 날 아무 말 없이 일자리를 찾아 움직이는 가족과 함께 정든 곳을 떠나야 한다.

책장을 넘길수록 이와 같은 불법 이민자의 삶이 있는 그대로 생생하게 머릿속에 그려진다.

가족의 사랑과 희망으로

고통스러운 생활 속에서도 프란시스코 가족의 모습은 참 따뜻하다. 특히 프란시스코의 아버지는 목화에 흙을 섞은 프란시스코에게 남을 속이는 것은 나쁜 짓이고 돈보다 사람에 대한 신의가 중요함을 일깨워 준다. 그리고 아이들에게 크리스마스 선물로 줄 사탕을 포장하며 미안해 우는 아내에게 손수건을 선물한다. 프란시스코의 가족은 많이 배우지 못했고 가난하지만, 성실한 아버지의 품 안에서 서로를 포근하게 감싸안는다.

이 포근함 덕분에 어머니는 흰 목화 자루를 등 뒤로 묶은 채 아버지를 보고 "세상에서 가장 예쁜 웨딩드레스"라고 말할 수 있고, 로베르토는 단속 경찰이 들이닥친 상황에서도 "내 스타일이 아니거든요"라며 웃음을 자아낼 수 있는 것이다.

이렇듯 사랑과 희망으로 어려움을 이겨 내는 가족의 따스함은 잔잔한 감동으로 다가온다.

긍정적인 삶의 자세

프란시스코는 목화를 따러 가는 아빠, 엄마, 형의 모습을 보며 자신은 도울 수 없는 상황에 눈물을 글썽인다. 처음으로 상을 타게 해준 나비 그림을 자신과 싸웠던 친구에게 선물로 주기도 한다. 또한 자신이 너무나 아끼던 동전을 훔쳐서 자판기 사탕과 바꾼 동생을 용서하기도 한다. 쟁기를 몸으로 끌라는 부당한 일에 항의하던 가브리엘 아저씨에게서는 힘센 사람에게 자신의 생각을 제대로 표현하는 법도 배운다.

그렇게 희망을 잃지 않고 긍정적으로 살아가며 자신과 사회에 눈을 떠가는 프란시스코의 모습을 보면 가슴이 시큰거린다.

냉정한 현실과 성장

프란시스코 가족은 어렵사리 미국에서 자리를 잡지만 결국 출입국 관리소 단속 경찰에게 잡혀간다. 삶이란 쉽게 해피엔딩으로 끝나지 않는다는 걸 냉정하게 전하는 것이다. 하지만 이야기의 결말은 끝이 아니고 또 다른 시작이라는 걸 느낄 수 있다.

"모든 인간은 평등하게 태어났다. 모든 인간에게는 누구도 빼앗을 수 없는 권리가 있다. 안전과 자유, 그리고 행복을 추구할 권리다."

이 미국 독립선언문을 모두 외운 프란시스코의 모습이 자꾸 눈에 어른거리기 때문이다.

프란시스코의 삶을 통해 어려움 속에서도 희망을 잃지 않는 긍정적인 자세를 배웠으면 좋겠다. 그리고 자신의 삶을 더 소중하게 가꿀 줄 아는 사람이 되기를.

다른 인스타그램

뉴스레터 구독

프란시스코의 나비

초판 1쇄   2004년 11월 10일
개정1판 1쇄   2010년 12월 24일
개정2판 1쇄   2025년 2월 1일

지은이   프란시스코 히메네스
옮긴이   하정임

펴낸이   김한청
기획편집   원경은 차언조 양선화 양희우 유자영
마케팅   정원식 이진범
디자인   이성아 황보유진
운영   설채린

펴낸곳 도서출판 다른
출판등록 2004년 9월 2일 제2013-000194호
주소 서울시 마포구 동교로 27길 3-10 희경빌딩 4층
전화 02-3143-6478   **팩스** 02-3143-6479   **이메일** khc15968@hanmail.net
블로그 blog.naver.com/darun_pub   **인스타그램** @darunpublishers

ISBN 979-11-5633-661-7 73840

다른 생각이
다른 세상을 만듭니다